W0371977

MESDAMES VOUS AIMEZ « ÇA »

DU MÊME AUTEUR

Dans la même collection :

Laissez tomber la fille.
Les souris ont la peau tendre.
Mes hommages à la donzelle.
Du plomb dans les tripes.
Des dragées sans baptême.
Des clientes pour la morgue.
Descendez-le à la prochaine.
Passez-moi la Joconde.
Sérénade pour une souris défunte.
Rue des Macchabées.
Bas les pattes !
Deuil express.
J'ai bien l'honneur de vous buter.
C'est mort et ça ne sait pas !
Messieurs les hommes.
Du mouron à se faire.
Le fil à couper le beurre.
Fais gaffe à tes os.
A tue... et à toi.
Ça tourne au vinaigre.
Les doigts dans le nez.
Au suivant de ces messieurs.
Des gueules d'enterrement.
Les anges se font plumer.
La tombola des voyous.
J'ai peur des mouches.
Le secret de Polichinelle.
Du poulet au menu.
Tu vas trinquer, San-Antonio.
En long, en large et en travers.
La vérité en salade.
Prenez-en de la graine.
On t'enverra du monde.
San-Antonio met le paquet.
Entre la vie et la morgue.
Tout le plaisir est pour moi.
Du sirop pour les guêpes.
Du brut pour les brutes.
J'suis comme ça.
San-Antonio renvoie la balle.
Berceuse pour Bérurier.
Ne mangez pas la consigne.
La fin des haricots.
Y a bon, San-Antonio.
De « A » jusqu'à « Z ».
San-Antonio chez les Mac.
Fleur de nave vinaigrette.
Ménage tes méninges.
Le loup habillé en grand-mère.
San-Antonio chez les « gones ».
San-Antonio polka.
En peignant la girafe.
Le coup du père François.
Le gala des emplumés.
Votez Bérurier.
Bérurier au sérail.
La rate au court-bouillon.
Vas-y Béru !
Tango chinetoque.
Salut, mon pope !
Mange et tais-toi.
Faut être logique.
Y a de l'action !
Béru contre San-Antonio.
L'archipel des Malotrus.
Zéro pour la question.
Bravo, docteur Béru.
Viva Bertaga.
Un éléphant, ça trompe.
Faut-il vous l'envelopper ?
En avant la moujik.
Ma langue au Chah.
Ça mange pas de pain.
N'en jetez plus !
Moi, vous me connaissez ?
Emballage cadeau.
Appelez-moi, chérie.
T'es beau, tu sais !
Ça ne s'invente pas.

J'ai essayé : on peut !
Un os dans la noce.
Les prédictions de Nostrabérus.
Mets ton doigt où j'ai mon doigt.
Si, signore.
Maman, les petits bateaux.
La vie privée de Walter Klozett.
Dis bonjour à la dame.
Certaines l'aiment chauve.
Concerto pour porte-jarretelles.
Sucette boulevard.
Remets ton slip, gondolier.
Chérie, passe-moi tes microbes !
Une banane dans l'oreille.
Hue, dada !
Vol au-dessus d'un lit de cocu.
Si ma tante en avait.
Fais-moi des choses.
Viens avec ton cierge.
Mon culte sur la commode.
Tire-m'en deux, c'est pour offrir.
A prendre ou à lécher.
Baise-ball à La Baule.
Meurs pas, on a du monde.
Tarte à la crème story.
On liquide et on s'en va.
Champagne pour tout le monde !
Réglez-lui son compte !
La pute enchantée.
Bouge ton pied que je voie la mer.
L'année de la moule.
Du bois dont on fait les pipes.
Va donc m'attendre chez Plumeau.
Morpions Circus.
Remouille-moi la compresse.
Si maman me voyait !
Des gonzesses comme s'il en pleuvait.
Les deux oreilles et la queue.
Pleins feux sur le tutu.
Laissez pousser les asperges.
Poison d'Avril, ou la vie sexuelle de Lili Pute.
Bacchanale chez la mère Tatzi.
Dégustez, gourmandes !
Plein les moustaches.
Après vous s'il en reste, Monsieur le Président.
Chauds, les lapins !
Alice au pays des merguez.
Fais pas dans le porno...
La fête des paires.
Le casse de l'oncle Tom.
Bons baisers où tu sais.
Le trouillomètre à zéro.
Circulez ! Y a rien à voir.
Galantine de volaille pour dames frivoles.
Les morues se dessalent.
Ça baigne dans le béton.
Baisse la pression, tu me les gonfles !
Renifle, c'est de la vraie.
Le cri du morpion.
Papa, achète-moi une pute.
Ma cavale au Canada.
Valsez, pouffiasses.
Tarte aux poils sur commande.
Cocottes-minute.
Princesse Patte-en-l'air.
Au bal des rombières.
Buffalo Bide.
Bosphore et fais reluire.
Les cochons sont lâchés.
Le hareng perd ses plumes.
Têtes et sacs de nœuds.
Le silence des homards.
Y en avait dans les pâtes.
Al Capote.
Faites chauffer la colle.
La matrone des sleepinges.
Foiridon à Morbac City.
Allez donc faire ça plus loin.
Aux frais de la princesse.
Sauce tomate sur canapé.

Hors série :

L'Histoire de France.
Le standinge.
Béru et ces dames.
Les vacances de Bérurier.
Béru-Béru.
La sexualité.
Les Con.
Les mots en épingle de Françoise Dard.

Si « Queue-d'âne » m'était conté.
Les confessions de l'Ange noir.
Y a-t-il un Français dans la salle ?
Les clés du pouvoir sont dans la boîte à gants.
Les aventures galantes de Bérurier.
Faut-il tuer les petits garçons qui ont les mains sur les hanches ?
La vieille qui marchait dans la mer.
San-Antoniaiseries.
Le mari de Léon.
Les soupers du prince.
Dictionnaire San-Antonio.

Œuvres complètes :

Vingt-trois tomes parus.

SAN-ANTONIO

MESDAMES VOUS AIMEZ « ÇA »

FLEUVE NOIR

La loi du 11 mars 1957 n'autorisant aux termes des alinéas 2 et 3 de l'article 41, d'une part, que les copies ou reproductions strictement réservées à l'usage privé du copiste et non destinées à une utilisation collective, et, d'autre part, que les analyses et les courtes citations dans un but d'exemple et d'illustration, toute représentation ou reproduction intégrale ou partielle, faite sans le consentement de l'auteur ou de ses ayants droit ou ayants cause, est illicite (alinéa 1er de l'article 40).
Cette représentation ou reproduction par quelque procédé que ce soit, constituerait donc une contrefaçon sanctionnée par les articles 425 et suivants du Code pénal.

© 1994 Éditions Fleuve Noir.

ISBN 2-265-00384-0
ISSN : 0768-1658

Ne porte pas de culotte par un temps pareil, que l'air circule en permanence entre tes jambes.

HENRY MILLER
(correspondance avec Brenda Vénus)

C'est en baisant qu'on devient baiseron.

SAN-ANTONIO

— Tu crois en Dieu ?
— Excuse-moi, je ne peux pas m'en empêcher !

SAN-ANTONIO

LUNETTES D'APPROCHE

Elle se tenait accroupie dans la vitrine, assise à l'arabe sur ses talons. Elle portait une jupe de laine, haut retroussée de par sa posture, des bas avec leurs divines jarretelles ; ce qui venait ensuite se perdait dans le doute et la pénombre. Accaparée par sa délicate besogne, elle ne me voyait pas, ce qui me permettait de l'admirer à loisir.

Au bout d'un moment, n'y tenant plus, je sortis mon calepin aux feuillets jaunis et griffonnai une question de quatre mots, terminée par un fort point d'interrogation en crosse d'évêque. Je plaquai ce message contre la vitre et toquai du doigt contre celle-ci.

La femme releva la tête, m'aperçut, puis prit connaissance de ladite question. Elle était ainsi formulée : « Portez-vous une culotte ? ».

Elle ne se fâcha pas, ainsi que je m'y attendais ; me sourit au contraire, puis ouvrit les jambes davantage, ce qui me mit en présence d'une chatte exquise, châtain clair, rosement fendue, avec laquelle, tout soudain, j'eus envie de me lier d'amitié.

Quelques secondes après cette rapide exhibition, elle reprit sa position initiale et se remit à arranger des lunettes sur leurs présentoirs en plexiglas, car c'est d'un magasin d'optique qu'il s'agissait.

Je frappai la glace à nouveau, mais elle se

contenta de secouer négativement la tête sans me regarder. Alors j'allai pour actionner le bec-de-cane. Las ! comme on était dimanche, il n'y en avait pas.

Je revins donc face à l'exquise femme et repris ma manœuvre de harcèlement. Sans résultat. Elle avait eu cette pulsion audacieuse, mais devait déjà la regretter ; en tout cas elle semblait fermement décidée à n'y pas donner suite.

Comme je l'ai dit, nous étions dimanche, et je bandais comme un grand chrétien que je suis, chose qui m'arrive également le lundi, le mardi, le mercredi, le jeudi, le vendredi, et même le samedi quand on ne retransmet pas le Tournois des Cinq Nations à la téloche.

La rue était vide comme le lit d'un veilleur de nuit cocu. Alors je fis une chose passible de correctionnelle : j'extrayis (1)mon mandrin de mon bénoche et me tins immobile contre la vitrine ; seule ma queue d'aristocrate du plumard dodelinait avec la grâce incertaine d'un serpent auquel son montreur joue une nasillarde mélopée.

Il arriva ce qui devait arriver : la dame, ne m'entendant plus frapper, mais consciente de ma présence, me coula un regard et vit cette chose si complémentaire de celle qu'elle m'avait montrée. Elle en eut un sursaut qui lui fit lâcher une paire de Ray-Ban à monture dorée, dont je ne pus lire le prix, l'étiquette se trouvant du mauvais côté. Elle s'empressa de la ramasser et de la placer sur le socle qui l'attendait.

Ma bite s'enhardissait de plus en plus et battait maintenant la mesure avec effrénance, comme si elle avait dirigé du Wagner.

Je ne sus à quel mobile répondit la lunetière — peur ou convoitise ? —, toujours est-il qu'elle vint m'ouvrir précipitamment.

— Vous êtes fou ! éclata-t-elle. Vous allez vous faire arrêter !

(1) Le passé simple du verbe extraire n'existait pas, je suis fier de l'offrir à mon lecteur en grande première mondiale.

— Ce qui serait injuste, convenez-en, car c'est vous qui avez commencé, répondis-je.

On restait là, comme deux idiots indécis, elle fascinée par Miss Coquette, moi encore plus qu'elle, regardant cette danse évasive de ma queue, d'autant plus impressionnante qu'elle se déroulait sans musique.

— Je pense que l'instant de prendre une décision est venu, fis-je, car je vois survenir la Sainte Famille Machin dont parlait Brassens. J'entre ou je la remets dans ma culotte ?

Elle s'écarta et je pénétris dans le magasin, pour commencer.

Elle paraissait soudain affolée.

— C'est complètement extravagant ! dit-elle.

— Tout à fait, convins-je, et c'est ce qui fait le prix de cet instant. Songez que nous nous ignorions totalement il y a deux minutes et que nous connaissons à présent l'essentiel de nos corps. Je considère la chose comme un présent du ciel.

Justement, les cloches d'une fin de messe résonnaient. La Sainte Famille Machin (père, mère, grande sœur, deux frères jumeaux équitablement moches) passa devant la boutique d'une allure conjointe de condamnés à vivre par contumace.

— Moi qui profitais du dimanche pour faire ma vitrine pendant que mon mari est à la chasse, réfléchit-elle à intelligible voix.

Elle avait foncièrement dépassé la quarantaine, mais Montignac et son club de *fitness* lui conservaient un corps comestible. Quelques légères pattes-d'oie ne parvenaient pas à la vieillir. Elle possédait un regard intéressant, dans les tons noisette, et une bouche charnue qui ne risquait pas de t'abîmer le gland en le pompant.

Je lui désignas une porte vitrée de culs de bouteilles.

— C'est par là, n'est-ce pas ?

Elle ne me demanda pas ce que je voulais dire et me précéda dans une arrière-boutique aussi nette et neuve que le magasin. On y trouvait une accumulation de casiers et de tiroirs contre les parois, des instruments d'optique sophistiqués, un fauteuil spécial pour procéder aux examens oculaires et enfin des tableaux de lettres allant du caractère d'affiche de mobilisation générale à la grosseur du morpion. Ceux qui parvenaient à les décrypter à trois mètres n'avaient rien à cirer céans. Un vasistas répandait un jour éternellement terne, même lors des meilleurs étés, car il donnait sur l'une de ces cours de vieux immeubles qui font songer à des romans de Gaboriau.

D'un coup de talon expert, je refermai la porte et nous nous trouvâmes alors dans une pénombre qui sentait bon la peinture fraîche et le vernis à bois. Je pris séance tenante l'opticienne dans mes bras et elle fut illico opticien pour moi : se saisissant de ma verge folle avec détermination, la triturant d'une façon apparemment désordonnée, mais en réalité fort ingénieuse, en lui imprimant ce mouvement de va-et-vient sans lequel la baratte n'aurait jamais été inventée.

L'époux de cette quadragénaire dépassée avait grand tort d'aller trucider le faisan solognot. En restant chez lui, il aurait pu tirer d'autres coups plus juteux. Sa femme sentait approcher le chant du cygne inexorable et, dans la sombre angoisse de cette perspective, mettait les bouchées doubles ; d'ailleurs il le fallait pour pouvoir emboucher un sexe qui, sans être promis plus tard au formol des laboratoires, tenait bien sa place dans la société actuelle.

Assis sur la chaise d'examens, je me laissais polir le chinois à la salive d'opticienne. Gloutonne à souhait, la chère sans-culotte m'engouffrait avec cette détermination des luronnes mouilleuses qui préfèrent détourner à leur profit le paf de passage, plutôt que de le laisser s'aller exploser chez la voisine.

En parfait gentleman, je n'eus garde de m'abandonner en lui accordant la seule satisfaction d'avoir commis une bonne œuvre, c'est pourquoi je la redressai bientôt pour la porter sur la table de travail. Elle m'interpréta spontanément la grande scène de l'inauguration du tunnel sous la Manche et je pénétrai dans ledit en formation serrée.

Cette délicieuse femme possédait une rare particularité : elle jappait en se laissant prendre, ce qui me donna l'impression étrange de sodomiser un caniche royal. Les cris du rut sont surprenants, chez l'humain, plus encore que chez l'animal. Les jappements dégénérèrent en aboiements féroces qui pouvaient donner à croire aux voisins qu'un chien de garde se déchaînait contre un malfaiteur.

Au cours de ma vie de séducteur, j'avais eu l'occasion d'enregistrer bien des manifestations sonores de femmes emportées par le plaisir. J'en avais rencontré qui ululaient, d'autres qui cacardaient, des qui jacassaient, des qui feulaient, des qui rugissaient (beaucoup), des qui cacabaient, des qui piaillaient, des qui mugissaient, des qui, comme la sardine, ne disaient rien, des qui couinaient, des qui parlaient une langue courante et d'autres un dialecte obscur, des qui faisaient du trot attelé sur ma virilité exacerbée, des qui s'en dérouillaient trois à la fois par les chemins de la Providence, des qui blatéraient, des qui déblatéraient, des qui s'accrochaient à mes poils comme des chauves-souris, des qui rotaient le foutre comme des chauves souriants, des qui craquetaient, des qui chantaient le grand air de *Lakmé* en jouissant, des qui se mettaient deux doigts dans la chaglatte pour siffler, et beaucoup beaucoup d'autres tout aussi originales. Mais une qui commence à japper teckel quand tu lui tyroliennes l'escarguinche et qui aboie saint-bernard au moment de la sabrée « Tarass Boulba », c'est une grande première qu'il me plaira de noter dans mes archives afin que, l'âge d'écrire mes souvenirs étant venu, titre envisagé : (*San Antonio, son vit, son nœud*), je sache quoi dire.

Cette rencontre était de celles qui agrémentent prodigieusement l'existence, aussi, comme chaque fois qu'il m'arrive une chose heureuse, en remercié-je le Seigneur. Ne crois pas que je m'abîme en dévotion. Il n'en demande pas tant et Se contente du « merci » que je Lui balance du fond de l'âme. Comment je le sais ? De la meilleure source qui soit : je le sens péremptoirement.

L'autre jour, un journaliste que j'aime beaucoup me fait comme ça : « Vous prétendez croire en Dieu, en écrivant ce que vous écrivez ? » J'y ai répondu : « Mais bien sûr, puisque c'est Lui qui me l'inspire. » Pourquoi serait-Il pisse-froid, l'En-hautiste ? Si les croyants pouvaient dissiper ce fâcheux malentendu, comme tout irait mieux entre eux et Lui !

Moi, la notion d'un bon Dieu pincé, châtieur, à l'Esprit adjudange telle que m'ont inculquée mes aînés, je n'ai eu de cesse de m'en défaire, sentant bien qu'ils faisaient fausse route. D'accord pour le bien, la vertu, le droit chemin, oh ! que oui, mille fois d'accord ; mais dans la joie, bordel ! Dans la farandole !

Qu'est-ce qu'Il en a à secouer, des chagrins au cul serré, le Divin ? C'est un père, Dieu, nom de Dieu ! Il veut que ses enfants travaillent, mais soient heureux ! Qu'ils se marrent ! Qu'ils s'enculent si ça leur fait plaisir. Tu crois sérieusement qu'Il s'arrête à ces broutilles, Dieu ? Qu'Il préfère le chrétien raseur de sacristie qui refuse une obole à un dénuementé, au gars qui s'en chope une dans les miches parce qu'il pense que ça fait du bien par où que ça passe ? Quand tu grimperas là-haut, t'en éprouveras des stupeurs, l'aminche ! T'auras pas trop de l'éternité pour remettre tes préjugés en place ! C'est Sana qui te l'annonce. Affaire à suivre !

Tu vois : toujours ma musiquette fervente, au détour d'une page, ma piqûre de mystique vite fait, bien fait, pas vu, pas pris. Mon fugitif « Je croise en Dieu », histoire d'assurer mon territoire spirituel. Marotte, peut-être ? Va-t'en savoir, Charles. Recherche d'un confort, en tout cas. Coussin dans un dos de vieillard. Mais si, mais si : croyez en Dieu, grand-père, vous cannerez plus facilement. Renoncer est moins duraille quand on se sait attendu.

Donc elle me joue le grand air de la meute dans les halliers en allant au fade, dame Besicles. Tant que je pique des deux en force. On écrase six montures de lunettes qui se trouvaient sur la table, dont l'une en écaille de tortue véritable, que j'ose pas t'en révéler le prix ! Y a des gens qui se refusent rien, je te jure ! Des milliers de francs pour lire son journal, merde ! Alors que l'abbé Pierre use ses ultimes forces à faire la manche, le gone (1).

Ma partenaire impromptue se dresse sur les coudes. Elle murmure en me couvrant d'un regard lourd d'une indicible reconnaissance :

— Si je m'attendais à une chose pareille...

— Très chère, réponds-je, c'est le genre d'aventure qui arrive lorsqu'on s'installe sans culotte dans une vitrine.

Elle rougit.

— J'ai été obligée de l'enlever pour pouvoir m'accroupir, car l'élastique me blessait. Mais je ne me doutais pas que... que cela se voyait.

— Cela ne se voyait pas mais se devinait, rectifié-je. Des yeux moins exercés que les miens sont passés devant vous sans rien apercevoir.

— En tout cas, vous avez de l'autorité !

— J'aime l'amour.

— J'ai vu. Quel amant exceptionnel !

— Vous me flattez.

— Je vous rends justice. Peut-être ne me croirez-vous pas, pourtant je vous jure que je n'ai jamais ressenti un plaisir aussi intense avec un autre homme. J'avais l'impression que votre sexe était en feu et qu'il me transperçait. Vous habitez le quartier ?

— Non, mais j'ai une voiture rapide. Vous tenez seule ce magasin ?

— Mon mari en a un autre à la République.

— Si bien que je peux, à l'occasion, venir faire contrôler ma vue ?

— J'ai une petite assistante.

(1) N'oublie pas qu'il est lyonnais.

— Ignorez-vous que ces jeunes filles peuvent être amenées à faire des courses urgentes ?

Elle rit.

— Quelle aventure ! Vous me plaisez infiniment, vous savez ?

— J'en ai autant à votre service.

Elle me défrime avec gravité.

— Il me semble vous connaître. Seriez-vous comédien ?

— A Dieu ne plaise, je ne le deviens qu'en cas de nécessité absolue. Je suis codirecteur de la P.J.

Elle rayonne.

— Mais naturellement : San-Antonio, n'est-ce pas ?

— Gagné !

Elle soupire :

— Je vous trouve encore plus beau qu'en photo !

— Parce que sur les photos on ne voit pas ma queue, hypothésé-je. Un homme confortablement membré est entouré d'un halo prestigieux aux yeux d'une femme qui le connaît complètement.

Elle répète, mezza voce, et à plusieurs reprises :

— San-Antonio, San-Antonio.

Une litanie aphrodisiaque. J'ai idée que si je peux l'avoir deux heures en tête à tête dans une chambre, l'aboyeuse, j'en tirerai des sonorités en comparaison desquelles celles d'une viole ne seraient que grincements de portes non huilées.

— Eh bien, j'ai été comblé par notre rencontre inattendue, madame. Si vous voulez bien me donner votre carte, je m'engage à en faire bon usage.

Elle prend un bristol blanc dans un tiroir et me le tend entre médius et index.

— Si j'osais..., fait-elle, songeuse.

Ça y est : elle va me solliciter quelque chose. Toujours la même histoire : elle s'est pas encore briqué les miches qu'elle essaie de me tirer profit. Une contredanse à faire sauter, tu paries ? Plusieurs, peut-être ? Ou alors une recommandation auprès d'un magistrat à propos d'un procès boutiquier ? Faut toujours être prêt au tapage, dans notre chienne d'existence où l'on te pompe tout : ton nœud, ton fric, ton temps, tes relations. Un monde piranhesque, on vit. T'es dépecé en moins de jouge. Si tu ne te défends bec et ongles, t'es ruiné, déloqué, sodomisé, et qu'encore ensuite on te passe au scanner, voir si t'aurais pas un rognon ou un soufflet à te laisser ponctionner pour le greffer à un pote ! Tu rigoles ? T'as tort, ça existe. TOUT existe.

Alors je me chope une expression évasive de repli. S'il s'agit d'une contrebûche, O.K., je la lui ferai sauter. Paris vaut bien une messe, et une troussée un passe-droit. Mais je n'irai pas plus loin.

Pauvre nœud !

Pour aller loin, je suis allé loin ! Si loin que j'ai bien failli ne pas en revenir.

CONSÉQUENCES IMPRÉVUES D'UN ÉLASTIQUE DE SLIP

Elle ne parvenait pas à jacter. Timidité ? Non : émotion, je l'ai compris par la suite. Elle me dit enfin, la voix défoncée :

— Il s'agit de ma sœur qui est beaucoup plus jeune que moi. Ma demi-sœur, en fait…

En un éclair, le Sana phosphorescent échafaude mille hypothèses : la fille est « tombée » pour une histoire de came ; ou bien elle a pioché dans la caisse de ses employeurs, voire encore a eu un grave accident avec tous les torts de son côté. De toute manière, à la gueule de la besicleuse, je reniflais un vilain caca.

— Oui ? l'ai-je encouragée.

Parce que, hein, j'ai du boulot. Tirer une guêtre en passant, mon emploi du temps s'en accommode, mais assurer le service « récupération des épaves », c'est assujettissant.

— Voilà, s'est-elle enfin décidée. Ma sœur s'appelle Rose Déprez.

— Et vous ?

— Annie Versère.

— Merci. Rien de plus désagréable que de faire l'amour à une femme dont on ignore le prénom ; on a l'impression de baiser dans le vide.

— C'est une impression que je n'ai pas partagée, assure l'exquise déculottée.

Choute, va ! Pour la remercier, je passe la main sous

sa jupe afin de flatter le renflement de sa chatte qu'elle a dodue comme une moule d'Espagne.

Je raffole des chaglattes appétissantes, triple zéro, quoi. Quand tu leur arpentes l'intérieur de la menteuse, tu crois savourer des mollusques de chez *Marius et Jeannette*.

— Revenons à votre sœur, merveilleuse Annisette. Que lui est-il arrivé de fâcheux ?

— Elle a disparu.

Allons bon !

— Depuis longtemps ?

— Trois mois.

— Elle était fugueuse ?

— Absolument pas. C'est une femme on ne peut plus sérieuse, qui est préparatrice dans une pharmacie.

— Quel âge ?

— Vingt-huit.

— Mariée ?

— Non. Elle a eu des liaisons sans lendemain. Rosy est très indépendante. Plutôt engagée politiquement.

— Gauche, droite ?

— Gauche, ce qui exaspère mon mari qui est un inconditionnel du R.P.R.

— Dieu reconnaîtra les siens.

— Exactement.

— De quelle manière a-t-elle disparu ?

— L'été dernier, elle a fait la connaissance d'un nouvel ami, à La Baule ; un type très bien qui travaille comme directeur littéraire dans une importante maison d'édition. Cette fois, j'ai bien cru que ma sœur allait sauter le pas et l'épouser. Il le lui demandait de façon pressante car il était terriblement accro.

« Ils se sont mis ensemble et tout semblait parfait. Le grand amour tant espéré, auquel on finit par ne plus trop croire, le temps passant. Alors, voici trois mois, ils ont pris une décision : celle de faire un grand voyage tous les deux. Si celui-ci était positif, ils se marieraient au retour. »

— Le voyage de noces avant les épousailles ?

— Si l'on veut. Ils ont choisi l'Asie : Japon, Hong

Kong, Thaïlande, Malaisie. Le grand périple classique. J'ai reçu une carte d'Hiroshima puis, quelques jours plus tard, une seconde, de Macao, et ensuite plus rien, le silence complet. Une quinzaine s'est écoulée avant que je m'inquiète sérieusement. Ils avaient prévu un circuit de trois semaines. J'ai commencé par interroger les collaborateurs d'Yves Trembleur aux Editions du Perron : eux aussi étaient dans le noir complet. J'ai retrouvé l'agence où le couple avait retenu ses billets. Excepté pour leur arrivée à Tokyo, ils n'avaient réservé dans aucun hôtel, étant trop indépendants pour « se mettre des chaînes avant de partir », selon leurs dires.

— On a pu, je pense, suivre leurs traces grâce aux réservations des vols ?

— Exact. L'agence a fait le maximum. Nous savons qu'ils ont honoré leurs billets jusqu'à Bangkok. Ils avaient ménagé ensuite un créneau « à libre disposition » entre Bangkok et Singapour, ne sachant s'ils allaient louer une voiture ou prendre le fameux Orient-Express. Bien entendu, ils n'ont jamais pris le vol Singapour-Paris.

— C'est donc à partir de Bangkok qu'ils ont disparu ?

— Oui ?

— Qu'avez-vous entrepris comme démarches ?

— Je suis allée à la police, naturellement.

— Qu'entendez-vous par là ?

— Au commissariat du quartier de Rosy.

— Où l'on vous a dit que cette disparition survenue en Thaïlande n'était pas de la compétence de la police française et que vous deviez vous adresser aux Affaires étrangères ?

— Ce que j'ai fait. L'on m'y a invitée à remplir des formulaires en me promettant de me tenir au courant du suivi. Effectivement, le mois d'après, j'ai reçu une lettre m'indiquant que les autorités thaïlandaises ignoraient tout des deux touristes recherchés, qu'ils ne figuraient ni sur les listes des étrangers accidentés, ni sur celles des étrangers interpellés par la police.

« On avait retrouvé l'hôtel où ils avaient séjourné

trois jours et trois nuits : le *Mandarin Oriental,* s'il vous plaît, classé par les Américains meilleur hôtel du monde. Le couple l'avait quitté très normalement, après avoir réglé sa note avec une carte de l'American Express. Depuis lors, on ne pouvait mentionner leur trace. »

— Vous avez répété votre requête auprès des Affaires étrangères ?

— Tous les huit jours je les harcèle, pour toujours obtenir la même réponse : rien de nouveau, l'enquête se poursuit sur place...

Son visage a changé depuis le début de son récit. Et moi qui m'attendais à une demande de passe-droit ! On sent que la « femme aux foyers » (1) est en proie à un immense tourment.

— Elle est ma seule famille, murmure-t-elle, si l'on excepte notre vieux père qui a perdu l'esprit et se meurt doucement dans une maison de repos. Il y a une complicité folle entre Rosy et moi ; je l'ai pratiquement élevée, sa mère étant morte en lui donnant le jour.

Un petit refrain « Veillée des Chaumières » ne messied pas pour illustrer sa peine que l'on devine profonde et sincère.

— Vous vous êtes renseignée du côté de son ami, en dehors de la maison d'édition ?

— Il est divorcé d'avec un mannequin tapageur qu'on aperçoit souvent dans les journaux de mode. Ils ont eu une petite fille anormale dont la venue a précipité la dislocation du couple. Je me suis risquée à appeler cette femme : Blondine de la Frange, qui m'a envoyée au bain en m'assurant qu'elle n'en avait rien à foutre de son ex et qu'il pouvait crever en Thaïlande ou ailleurs sans que l'idée lui vienne de faire ne serait-ce qu'un signe de croix ; vous voyez le genre ?

— Je connais. La vie est peuplée de gens charitables, sensibles à la compassion.

(1) Puisque opticienne.

— Vous êtes divorcé, vous aussi? me demande-t-elle, à m'en brûler le pourpoint.

— Je me suis protégé du divorce en ne me mariant pas, mais j'ai beaucoup d'amis qui en sont à leur deux ou troisième foyer.

— Naturellement, reprend-elle, vous ne pouvez rien tenter?

Soupir profond d'un vainqueur vaincu.

— Notez-moi les coordonnées de votre sœur et de son ami, je vais aviser.

Ce n'est pas un engagement, plutôt une fin de non-recevoir. Elle n'est pas dupe et noircit du papelard sans trop croire à l'efficacité de sa démarche.

— Inscrivez les vôtres également, demandé-je.

Bref regard de la dame. Un regard qui signifie : « C'est ça, mon con : si, un de ces quatre matins, tu prends l'envie de tirer un coup plus confortable, tu me feras signe. »

Mais elle note malgré tout les renseignements essentiels.

Je lui prends congé. Faut-il l'embrasser? Chose étrange, malgré notre *hole party,* une réserve d'étrangers s'est glissée entre nous. L'histoire de sa frangine nous a replacés chacun dans nos marques. Un baisemain dans le creux de la menotte est un compromis valable. Je le lui fais.

*
**

Je suis venu dans le quartier du Temple pour déposer le manteau de fourrure de m'man chez M. Goldenberg (1) qui doit le réparer car il commence à craquer de partout (pas M. Goldenberg : le manteau), (en ce qui concerne le vieux fourreur, c'est déjà fait depuis lurette).

(1) Ne pas confondre le Goldenberg fourreur, de Félicie, avec le Goldenberg du Comptoir des métaux précieux de la rue des Rosiers non plus qu'avec le Goldenberg du prêt-à-porter de la rue d'Aboukir. Le Goldenberg de m'man s'appelle en réalité Martin-Lognon, mais il a trouvé que ça ne faisait pas sérieux pour un fourreur.

C'est en regagnant ma voiture que j'ai aperçu Annie dans sa vitrine. Je suis joyce parce que je viens de commander un vison à ma brave femme de maman. Un dark femelle : *the top!* Longtemps que je lui annonçais cet achat, m'man, mais elle protestait comme une perdue en assurant que le sien était encore impeccable et que ce serait de l'argent gaspillé. Cette fois, je vais lui dire que Goldenberg le répute irréparable et que j'ai sauté le pas. Si elle n'en veut pas j'en ferai cadeau à Maria IV, sa nouvelle bonne qui est aussi conne que velue.

Juste que je délourde (au contacteur à distance) ma 600 SL, il me vient un désir flash. Je rappuie sur le bouton de verrouillage pour retourner à la boutique de l'opticienne.

Elle est de nouveau à pied d'œuvre dans sa vitrine, si j'ose employer cette expression, car cette fois, elle s'y tient agenouillée, sachant que, dans la précédente posture, on lui voit le raminagrobis.

Elle m'avise et court rouvrir.

— Je savais ! fait-elle.

— Quoi ?

— Qu'on allait se revoir très vite. Sitôt que vous n'avez plus été là, j'ai éprouvé un tel coup de tristesse, que vous ne pouviez pas ne pas revenir.

— J'ai une propose à vous faire, Annie de mon cœur.

— Vraiment ?

— Votre Tartarin est absent pour la journée, je présume ?

— Et même une partie de la nuit car ils fêtent l'anniversaire de leur président, ce soir, à Pithiviers.

— En ce cas, je vous invite à déjeuner : il est presque midi et demi.

— Mais je ne suis pas habillée...

— Laissez-moi finir. Je dois passer l'après-midi à mon bureau pour venir à bout de paperasses que j'ai laissées s'accumuler. Ma mère m'a préparé un panier repas, et comme elle s'obstine à me prendre pour un ogre, il doit contenir de quoi sustenter quatre personnes : je vous invite. Nous en profiterons pour appeler l'ambassade de France à Bangkok. Je pousserai un coup de gueule afin de faire activer les choses.

Tu sais quoi ? Ses yeux s'emplissent de larmes.

— Vous êtes formidable..., murmure-t-elle.

— Je sais, dis-je, c'est de naissance.

Alors, tu vas voir . On se pointe à la Tour Pointue. La crèche est peu encombrée en ce dimanche de décembre. Le planton me salue d'un retentissant :

— Mes respects, monsieur le directeur ! qui en jette vachement.

— Mon Dieu, balbutie Annie, vous êtes le directeur !

— Ne vous l'avais-je pas dit ?

— Si, mais...

— Vous en doutiez car je n'ai rien d'un grand patron.

Elle chuchote en gravissant les marches de pierre (Paul, Jacques) :

— C'est-à-dire que votre comportement...

Je l'accueille. Elle est de plus en plus impressionnée par le saint du saint. La photo couleur du président Mitterrand, surtout, la fascine.

— Dommage qu'il s'en aille bientôt, note Annie : on s'y était fait ; même ceux qui ne sont pas de son bord commencent à le regretter.

— Et ce n'est pas fini, assuré-je. Il faut que les gens disparaissent pour qu'on sache qui ils étaient...

Ce mot « disparition » n'est guère opportun et je me mordrais les lèvres si je n'en avais besoin pour lui bouffer le frifri tout à l'heure.

Pendant qu'elle déballe le panier, j'ordonne au standardiste de m'appeler l'ambassade de France à Bangkok.

— Qui désirez-vous, monsieur le directeur ?

— L'ambassadeur lui-même et, s'il est absent, le type le plus hiérarchisé après lui.

Annie dresse un charmant couvert sur la table basse. Comme pressenti, Féloche n'a pas pleuré la camelote : une terrine des Landes, du gigot et du poulet froid mayonnaise, deux saint-marcellin délicatement nichés dans leur papier d'origine, une demi-tarte à la rhubarbe, des noix de notre Dauphiné natal et, pour arroser ces merveilles, une bouteille de Sainte-Croix-du-Mont 1955 de chez Brun Emil, logée dans un conteneur isotherme qui la conserve à bonne température de consommation.

Annie n'en revient pas.

— Vous possédez une maman de rêve ! assure-t-elle.

Comme si je ne le savais pas !

Là-dessus, le turlu gouzille.

— Vous avez M. l'ambassadeur en ligne, déclare le standardiste.

Une voix forte m'éclate dans les cendriers :

— Cher San-Antonio ! Ici Gaspard Dégout, vous devez vous souvenir de moi : j'étais chef de cabinet du ministre de l'Intérieur quand vous n'étiez que commissaire principal. Félicitations pour votre ascension.

— Félicitations pour la vôtre, Excellence.

Ces belles et indispensables choses étant proférées, je lui développe mon papier à propos de la frangine Rose et de son copain éditeur.

Au bout de pas beaucoup, il m'interrompt :

— Je connais l'affaire très bien, cher ami, je suis intervenu personnellement et à plusieurs reprises auprès des autorités thaïlandaises, mais sans résultat positif. Bangkok est devenue une ville en comparaison de laquelle le Chicago de la période Capone ressemblerait à un couvent de bénédictins. Malgré la répression policière et la dureté des châtiments, le crime pullule. Les palaces constituent des viviers à victimes autour desquels se presse la pire faune de l'Asie. C'est plein de faux policiers, de taxis en cheville avec le Milieu qui vous kidnappent les gens le plus aisément du monde et les emmènent se faire détrousser dans des coupe-gorge.

— Quel espoir peut-on encore nourrir, monsieur l'ambassadeur ?

— Espoir ? Après deux mois de silence du couple ? Mais aucun, mon pauvre ami ; pas le moindre.

— On aurait retrouvé leurs corps, non ?

— Pensez-vous ! Il est des pays au riche passé artistique où l'on met à jour des vestiges sitôt qu'on en gratte le sol. Ici, ce sont des cadavres que la terre recèle, que dis-je : des charniers ! Il y a davantage de débris humains que de poissons dans le Ménam et les canaux.

Là seulement je réalise que le diffuseur de mon biniou est branché et que la pauvre Annie n'a rien perdu de notre charmante conversation. La voilà écroulée dans un fauteuil, devant la terrine des Landes, pleurant à chaudes larmes, voire à chaude-pisse, sa poitrine secouée de sanglots.

— Ecoutez, Excellence, malgré la noirceur du tableau que vous venez de brosser, je ne perds pas confiance.

— En ce cas c'est que vous avez l'optimisme chevillé au corps.

— C'est ma qualité dominante, admets-je.

Je lui blablate le tympan et lui arrache la promesse qu'il va encore poursuivre des démarches, attiser le zèle des perdreaux bridés en leur disant que le couple disparu jouit en France d'appuis « au sommet » ; mais je perçois bien que son siège est fait, comme l'on disait d'un ébéniste trop célèbre pour que je me donne la peine de retenir son nom. Je l'entends qui se tapote le menton avec les deux doigts qu'il glisse habituellement dans la moniche de sa masseuse thaïlandaise pour la mettre en train.

Rien à espérer de lui. Tchao !

Maintenant, s'agit de consoler Annie ; je la vois mal partante pour faire un sort au gigot froid ! Pour désensabler sa joie de vivre, va me falloir un rude tracteur, je te le dis. Que je lui sorte le grand jeu, et pas de ma culotte, espère. L'heure du chauve à col roulé est passée. Empaffer une sœur en larmes, c'est pas du sport d'appartement ! Ça m'est arrivé, mais je me faisais l'effet d'un affreux satyre violeur de chagrin, qu'à la fin, tu sais plus où fourrer ta grosse bitoune à veine bleue. Je dois absolument frapper un grand coup. Procéder à un électrochoc carabiné.

Alors, tu sais quoi ? Non, y a que moi, je te jure ! Voilà que je lui déclare d'un ton décidé :

— Je devais prendre dix jours de vacances à partir de la semaine prochaine, mais je vais les avancer et, au lieu d'aller chez des amis à Marrakech, j'irai à Bangkok pour y rechercher votre petite Rosy !

Alors là, ça lui produit un sacré effet ! Elle est prête à me lécher des pieds à la tête, quand bien même je porterais des bottes d'égoutier qui viendraient de servir.

— Vous feriez ça ? hoquette-t-elle. Vous, San-Antonio, vous feriez une chose pareille ?

— Oui, ma chère petite. Allons, ne pleurez plus et buvons cet excellent vin sans lequel la France ne serait pas tout à fait la France.

Bientôt, le divin breuvage achève d'assécher sa peine, comme l'a si ravissamment écrit la comtesse de Paris (née Rostopchine) dans ses mémoires.

Il fait affreusement chaud dans mon bureau (une initiative aussi conne que thermostatique de la femme de ménage qui est mauricienne par sa mère et un ami de son père et que, donc, nos climats de merde incommodent), alors j'induis mon invitée à déjeuner nue.

Tout en remplissant son verre, je me dis que si l'élastique de sa culotte ne lui avait pas meurtri le frifri, je ne partirais pas pour Bangkok demain.

A quoi tiennent les choses...

Et les miennes, donc !

Cela dit, elle a la reconnaissance du ventre, l'Annie chérie. Toujours, les dames de cet âge, quand se profile la perspective de la morille déshydratée à pas très longue déchéance, dirait le Gros. En attendant, on s'offre une bioutifoule partie de régalade, pleine d'ingéniosités techniques. Pas la fourrée en trombe, comme naguère dans sa salle d'examens, mais la queutée intello, faisant appel à une expérience dûment affûtée. Le badigeon de l'écailler, pour commencer : ça plaît toujours. Dans sa phase deux, la main de masseur intervient pour porter à l'incandescence ; ensuite, c'est l'enfilade du Louvre, très élitiste et qui réchauffe davantage qu'un Viandox au sel de céleri.

Je joue de ses sens comme un archange du luth. Quand elle va s'engager sur le chemin fleuri de la pâmade, je passe à un autre exercice qui, sans la déconcentrer, bien au contraire, l'expédie dans des zones éthérées. Stopper une chevauchée gaucho pour une feuille de rose dans la forêt viennoise, façon Strauss, la nière n'y perd pas au change, que je suce ?

Ainsi la prolonge-t-elle-je durant près d'une plombe dans une accumulation de délices qui ont bien raison d'être féminins au pluriel. Quand, n'en pouvant plus de longer sans cesse les rives du fleuve panard sans parvenir à y plonger, elle m'implore de la finir, je serre à bloc mes cale-pieds pour le sprint final. Quelque part (si j'ose dire), je dois pulvériser un record car elle continue d'aboyer longtemps après qu'elle ait donné carte blanche à ses salivaires australes.

Son raffut est si grand que le planton m'appelle au turluphone :

— Besoin de quelque chose, monsieur le directeur ?

— Oui, d'un bidet, lui réponds-je. Mais je sais où en trouver un.

OPÉRATION A GLAGLA !

Bien sûr, toi qui es au courant de beaucoup de choses me concernant, tu connais le studio coquin qui jouxte mon bureau, comme disent les terrassiers portugais. Ce lieu de haulte baise fut conçu et réalisé par le Dabe, à une époque où il pouvait encore honorer les donzelles qu'il recrutait grâce aux bons offices d'une dame maquerelle de la bonne société dont toutes les pensionnaires prenaient leur pied à l'imparfait du subjonctif.

Je me suis laissé dire qu'il les engageait à forfait, pour une quinzaine, et qu'il réglait à la bordelière le montant de cette location afin de n'avoir aucune basse question de fric à débattre avec les charmantes camarades en slip arachnéen, bas résille et porte-jarretelles noir brodé de fleurettes adorables.

Quand je réponds au planton que seul un bidet en état de marche peut répondre à mes besoins, c'est à celui du fripon studio que je pense.

J'y pilote la tendre Annie et, quelle n'est pas notre stupeur embarrassée que d'y découvrir le vieil Achille allongé sur le canapé-lit, tout habillé, un bras derrière sa calvitie, en train de regarder l'écran blanc du plafond.

Annie pousse un nouveau cri et court cacher sa nudité extrême derrière ses harnais.

— Charmante personne, approuve le Dabe, et qui jouit de manière fort sympathique. Mes sincères félicitations, mon petit, vous l'avez comblée d'une façon exceptionnelle. Fichtre, quelle troussée mémorable. Et moi, vieux docteur Faust, d'écouter tout cela en conservant entre mes jambes ce triste morceau de chair rabougrie dont un chacal affamé ne voudrait pas! Vos ébats étaient aphrodisiaques, mais je les percevais comme un poème dont j'avais oublié les rimes! Ah! l'âge, mon pauvre ami, l'âge, quel effroyable « maudissement », si j'ose ce néologisme. Profitez-en bien, mon garçon. Un jour viendront l'impuissance et la gloire, mais vous n'aurez que faire de cette misérable prime de consolation. Dites à cette exquise personne d'entrer, que je ne mords pas. A peine léché-je encore, par habitude et pour me rappeler le goût merveilleux d'une chatte.

Il appelle, à la cantonade :

— Venez, chère petite madame, n'ayez point honte d'une nudité qui vous va si bien!

Comme notre opticienne n'est pas bégueule, elle réapparaît, tenant sa jupe devant son sexe et son bras gauche devant sa poitrine, mais c'est là paravent insuffisant.

Pépère lui sourit tendre.

— Approchez, asseyez-vous sur ce canapé sans vous soucier de le tacher, il en a vu d'autres. Vous sentez la jouissance! Quel parfum miraculeux. Pourquoi aucun maître parfumeur n'a-t-il songé à créer quelque eau de toilette masculine intitulée : « Après l'amour », ou bien « Fleur de Foutre », tout simplement!

— J'ignorais que vous fussiez là, balbutié-je (éjectable).

— Heureusement. Cela m'a permis de tout entendre.

— Vous êtes seul? demandé-je en désignant la porte du cabinet de toilette.

— Hélas, Antoine, hélas. Vous ne pouvez imaginer combien un dimanche pèse lourd, à mon âge. Dans mon grand hôtel particulier peuplé seulement d'œuvres d'art, j'ai craqué. J'emmerde mes Watteau et mes Fragonard, voyez-vous. Mon Toulouse-Lautrec me flanque des aigreurs d'estomac, et si je n'avais un débit prostatique, je pisserais contre le bureau Mazarin du salon. Epouvanté par ma solitude, je suis venu ici pour y évoquer le passé. Et grand bien cela m'a fait puisque j'ai eu le privilège d'entendre jouir madame. Jour de chance, mon petit. Merci à vous deux qui baisez si bien !

« Cela dit, j'ai également écouté votre communication téléphonique avec l'ambassadeur de France en Thaïlande. A travers votre conversation et celle que vous eûtes après, avec cette charmante, j'ai réalisé ce qu'il se passait. Vous avez bigrement raison, Antoine, d'aller là-bas. Sage décision. Jamais vous ne sauriez mieux employer vos vacances. Et savez-vous l'idée qui m'est venue ? Je vais me joindre à vous, mon vieux lapin. J'ai besoin de me débarrasser de ces toiles d'araignée qui m'entravent. De l'action ! Oui, Antoine, il m'en faut, mon médecin est formel sur ce point. »

D'entendre ça, j'ai comme un caramel mou bloqué dans la trachée-artère (que Bérurier appelle « la tranchée à refaire »). Pépère avec moi dans cette ville de tous les dangers ! Il déménage ou il change de rue, le Dabe ? Je ne vais pas là-bas pour jouer les accompagnateurs de pèlerinage à Lourdes !

Oh ! mon Dieu, mon *Jove, mein Gott, Dio mio !* qu'est-ce qu'il me fait là, le père Burnes-creuses !

Je déconviens à tire-d'aile. Ma gueule s'allonge tellement qu'elle me pend jusqu'aux boules.

Achille ajoute :

— Vous ne m'avez jamais vu dans l'action, Antoine ? Vous allez être surpris.

— Je n'en doute pas, monsieur le président, bafouillé-je-t-il lamentablement. Songez toutefois que l'équipée risque d'être rude et pensez-vous que nous dussions laisser cette grande maison sans personne à sa tête ?

— L'art d'un chef est de savoir déléguer ses pouvoirs, rabâche le Semoulard. Nous avons des auxiliaires de valeur qui seront heureux d'assumer l'intérim. Non, non, Antoine, mon disciple, mon tout petit : partons tous deux pour l'aventure. Luttons de concert ! Triomphons de conserve ! Arrachons la sœur de cette aimable femme aux griffes de ceux qui la retiennent.

« Si elle vit toujours », pensé-je in petto.

⁂

Et c'est ainsi que nous débarquons à Bangkok par un après-midi à chier, tant les pluies s'y déversent en cataractes.

Une limousine prévue pour, nous drive au *Mandarin Oriental*, à travers une monstrueuse circulation échevelée, grouillante, composite. Des camions bariolés tapissés de posters de filles nues, des pousse-pousse traînés par des squelettes, des taxis fous, en haillons, des loqueteux faméliques, des Mercedes blanches immatriculées CD, des policiers à cheval, des équipages à quatre ou cinq personnes chevauchant la même moto déglinguée, c'est un fantastique tohu-bohu. Les avertisseurs de tous les véhicules sont bloqués, constituant un vacarme qui, au bout d'une minute, te donne envie de hurler à pleins poumons pour joindre ton bruit perso au boucan collectif. Des maisons basses aux balcons surchargés de n'importe quoi, des étals de saloperies, des voiturettes aux friteuses asphyxiantes vendant d'atroces nourritures plus guère identifiables. Des groupes de bonzes en sari orange. Des mendiants de tous âges. Des femmes basses du pot d'échappement. Des sourires par milliers, des regards à peine discernables dans la blessure des orbites. Regards de supplication ou de menaces mal contenues, regards cupides, regards implacables de l'Asie bouillonnante qui s'enfle, s'enfle et va bientôt éclater pour déchaîner enfin ce fameux péril jaune qu'ont annoncé tant de prophètes !

Le Vieux s'est tenu bien sage pendant les treize heures de vol. Il a lu les *Lettres d'amour à Brenda Vénus*, d'Henry Miller. Un document ! L'auteur de *Plexus*, amoureux d'une beauté de vingt et quelques piges alors qu'il en a quatre-vingt-sept, lui a écrit quinze cents bafouilles pour ne lui parler que de son corps et surtout de sa chatte, qu'il appelle le con. Je déteste ce mot quand on veut qualifier une aussi exquise chose. Quoi qu'on puisse dire, le mot « con » est réservé aux hommes car il est irremplaçable pour traiter la grande majorité de ceux-ci. Je ne lui ai jamais trouvé de synonyme valable et Dieu sait que j'en ai cherché !

Il n'a marqué aucune somnolence, malgré la longueur du trajet ; s'est alimenté convenablement, a peu bu, et uniquement du bordeaux, n'a fait qu'effleurer le cul de l'hôtesse quand elle s'est penchée pour lui brancher ses écouteurs au moment du film. Cette fille était ravissante : un côté Irlandaise à taches de rousseur, avec un sourire aussi lumineux que son regard bleu.

Ayant surpris mon regard, Achille m'a murmuré :

— On devrait avoir le droit de les caresser quand on est en *first,* cela agrémenterait le voyage. J'adore conserver en permanence une odeur de chatte au bout des doigts. C'est revigorant. Si je vous disais qu'il m'est arrivé de négliger l'hygiène après l'acte pour que perdure le miraculeux parfum.

Je lui avoue agir de même : nous sommes tous d'affreux dégueulasses.

— Je vais vous poser une question, Antoine, et vous demander d'y répondre avec une totale franchise. Pensez-vous que le black-out sexuel dont je suis victime depuis pas mal de temps est irréversible, ou puis-je encore nourrir de l'espoir ?

Je lui prodigue la bonne parole :

— Cette impuissance s'opère dans votre tête, cher ami. Un jour, vous vous êtes mis à développer un complexe d'âge, peut-être la maladresse d'une partenaire est-elle en cause ? Alors vous vous êtes recroquevillé sur vous-même et avez décidé d'être inapte. Mais pensez-vous sérieusement qu'un impuissant, un vrai, a envie de promener ses doigts sur la croupe d'une hôtesse de l'air ? Mon grand-père avait vingt ans de plus que vous lorsqu'il est décédé, or il faisait encore l'amour, et pas qu'à sa femme ! Notre sexualité est commandée par un interrupteur. Un déclic vous a fait brusquement lâcher prise, un autre vous rendra la lumière.

— Vous le pensez « vraiment », mon chéri ?

— J'en suis certain, patron. Certain !

— Oh ! merci pour ces bonnes paroles. Je ne demande pas d'avoir des érections de spadassin, Antoine, non plus que des émissions séminales impétueuses. Simplement, je voudrais retrouver le plaisir. Bandocher me suffirait, éjaculer de la fumée me ravirait. Au banquet du cul, je me contenterais d'un bout de table.

— Vous aurez mieux, promets-je, histoire de lui requinquer le donjon.

— Vrai ?

— Vous verrez !

— Bientôt ?

— Vous arrivez au bout de vos misères.

— Que Dieu vous entende !

— Il m'écoute.

Il est presque rasséréné tandis que la limousine du *Mandarin Oriental* se fraie un passage dans le flot écumant.

Deux chambres somptueuses nous attendent. Le confort est prodigieux, même pour un type blasé qui a traîné ses couilles dans les plus prestigieux palaces de la planète et de sa périphérie. Je te décris pas, ça te donnerait envie de m'arracher les yeux et de chier dans les trous. La jalousie vient sans crier gare. Je sais des gens qui ont trucidé parce qu'ils ne parvenaient pas à assumer la félicité des autres.

Je ne me suis pas encombré de bagages importants. Un costar de rechange, deux jeans, quelques limouilles, du linge de corps, ma trousse de toilette. Tu connais ma devise : on agit plus rapidement quand on a les mains vides.

Ne pouvant franchir les arceaux de sécurité des aéroports avec une arme, je suis allé faire un tour dans l'antre de Mathias pour y rafler quelques-uns de ses gadgets qu'il passe ses loisirs à concocter, en compagnie de son assistante-maîtresse-nièce dont je ne me rappelle jamais le blase.

— Vous prenez un peu de repos pour compenser le décalage horaire ? demandé-je à Chilou.

— Un bain et c'est tout, Antoine. Suivi d'un bon rasage, naturellement ; étant chauve, mon système pileux m'incommode.

— On se retrouve dans une heure ?

— Ce sera parfait.

Sans plus tarder (voire barguigner), je descends à la réception et demande à parler au directeur de l'hôtel. On me répond qu'il est à Hong Kong pour affaires, je déclare alors que son sous-directeur m'ira comme un gant !

Ledit est américain. Jeune et grave, le teint brique, des lunettes de myope, l'air de penser à autre chose de plus préoccupant que toi pendant que tu lui parles.

Je lui montre ma carte professionnelle et lui explique que je suis à la recherche d'un couple de clients. Il me dit qu'effectivement la police est venue enquêter à leur propos. Il ne me cache pas qu'il ne se fait pas d'illusions sur leur sort et me confirme ce que m'a dit l'ambassadeur sur cette métropole peu commune.

Je feins de ne pas m'en formaliser, ne lui accorde la satisfaction d'aucune onomatopée pouvant lui laisser croire que je suis impressionné. L'impassibilité des grands chefs, tu vois ?

Ça « rend ». Pour bien snober, il convient de parler peu. Tu regardes ton interlo pendant qu'il jacte, droit dans les lotos ; n'ensuite tu poses tes yeux sur sa cravate et fais mine de réfléchir à « est-ce que t'as bien conservé ton ticket de parkinge à Charles-de-Gaulle » ou à « ai-je-t-il payé mon tiers provisionnel avant de partir ? ».

Mon vis-à-vis finit par me demander avec la voix soumise d'une gagneuse en chômage technique pour cause de ragnagnas inattendus, ce qu'il peut faire pour moi.

Je lui dresse une liste exhaustive (comme dirait un

valet de ferme) de mes désidéradasses, à savoir : numéro de la chambre du couple disparu, rassemblement du personnel lui ayant prêté ses services, y compris et surtout le bagagiste ayant sorti leurs valdingues au départ, mise à ma disposition d'un traducteur anglo-thaïlandais car les employés « intérieurs » ne parlent pas aussi bien le rosbif qu'ils le croient. Quand ce petit monde sera réuni, qu'il le tienne à ma dispose et me prévienne.

Con descendant, je le prie d'excuser ce surcroît de travail que je lui inflige, mais qu'il comprenne la gravité de cette disparition : elle affecte des gens apparentés au président de la République, d'une part, et aux Rothschild de l'autre part ; ça mérite qu'on se bouge l'ognasse, non ?

Il accepte de l'admettre et pense que d'ici une moitié d'heure il pourra me donner satisfaisance.

Je somnole sur mon lit, sans veste et déchaussuré, quand cet homme de parole me turlute.

Je demande avant tout le traducteur et réintègre mes Clarence en cuir d'autruche, pendant qu'il se propulse à notre étage.

Ce type, s'il n'est pas chinois, fait vachement bien semblant. Il est jeune : deux douzaines de printemps à tout casser, mais sans certitude, ces gens-là étant si juvéniles d'abcès (pardon : d'aspect) que, quand t'achètes une sucette à un petit garçon, tu finis par découvrir qu'il est son père !

Pour voir ses yeux, faudrait les amener plus près des joues avec une fourchette à escarguinches. Coiffé à l'huile, parfumé au jasmin, saboulé de noir, il est le prototype de l'étudiant pékinois qui va barrer la route aux chars sur la place Tian An Men (1).

Non seulement il manie l'anglais beaucoup mieux que la mère Thatcher, mais il parle aussi un français que si Robbe-Grillet avait le même, il aurait peut-être fait

(1) En français : « Dubois-Martin ».

carrière. Te dire sa culture ! D'ailleurs, il m'apprend qu'il prépare (tout en travaillant pour l'hôtel) un doctorat de langues occidentales et qu'il connaît déjà le wallon et le romand ; pas sale, non ?

Comme il me plaît, je lui avoue l'objet de sa collaboration, pas qu'il tire des conclusions mal ciblées de sa prestation.

— Somme toute, dit-il quand je lui ai livré ma préface, vous espérez retrouver vos deux compatriotes ?

— C'est fou, n'est-ce pas ?

— Et également dangereux pour vous, affirme Mao Tsé Rien (c'est le nom de mon collaborateur d'occasion).

— En quoi ?

— Je suppose que vous êtes un excellent policier, or, plus vous allez enquêter, plus vous allez vous rapprocher de ceux qui ont kidnappé ces Français. Vous serez alors repérable d'eux et ils n'hésiteront pas à vous supprimer. Il y a des bandes organisées à Bangkok, dont la férocité est sans limites. Que vous soyez occidental et ne parliez pas les langues usuelles du pays rendent vos investigations pratiquement impossibles. Vous avez eu raison de vouloir me parler en premier, cela me permet de vous prévenir que, fatalement, les questions que vous allez poser au personnel seront répercutées jusqu'aux oreilles des ravisseurs et que, dès lors, vous allez être surveillé étroitement, sans que vous en ayez conscience. Ce qui revient à dire qu'au lieu d'aller à eux, c'est eux qui viendront à vous.

Tout ça d'une voix douce, avec un léger sourire de bouddha qui se laisse lécher les couilles. Les Jaunes, je m'en gaffe un peu quand je les connais pas, parce que tous mes contacts humains reposent sur le regard et que, le leur, hein ? Même quand ils portent des lunettes à gros foyer, il est duraille à capter. A mon avis, c'est pas normal d'avoir des châsses si enfoncés. Je suis persuadé qu'ils en souffrent ; si t'as remarqué, un Asiatique sur deux au moins porte des lunettes.

En ce qui concerne Mao Tsé Rien, je lui accorde un

préjugé favorable parce que, avoue-le, il me rend un signalé service, comme on dit puis dans les vieux livres pour vieux cons. Lui, c'est pas dans le vague, ses avertissements. Il annonce la couleur (jaune devant, marron derrière).

Et là, soudain, je biche la pétoche. Oui, j'ose le dire : je les ai fluides à la perspective de cet univers compact, hostile, dans lequel il m'est socialement, intellectuellement et surtout physiquement impossible de pénétrer autrement que par la force.

Un douloureux choix m'échoit : abdiquer, reprendre mes billes ainsi que l'avion du retour, ou alors jouer le kamikaze et poursuivre.

Tandis que je balance, on frappe et c'est Mister Pépère qui se pointe, gaillard comme sa bite de vingt ans, oint de « Cologne Sologne », cette divine eau de toilette de la gentille Nicolaï, le teint vert comme une station B.P., le regard plus polaire que le mont Kirkpatrik.

Présentations. Résumé. Ma conclusion. Le tout exposé en moins de cinq phrases concises.

— Votre réflexion, patron ? sollicité-je.

Rien ne lui fait plus plaisir que cette appellation incontrôlée (elle m'échappe toujours ; que veux-tu, des années d'accoutumance !).

Il sursaille des sourcils (il lui en reste quelques-uns).

— Comprends pas, garçon.

— Notre enquête paraît compromise, pis : irréalisable. Aller de l'avant est suicidaire ! conclus-je.

Oh ! cette œillade méprisante.

— Ah ! ça, Antoine, vous vieillissez, mon cher !

Bon, vieillir n'est pas un délit, je sais ; seulement une grave négligence. Pourtant il entoure son objection d'un tel mépris que j'en humecte mon Eminence !

— Possible, mon cher Achille, rétorqué-je, pincé.

— Pour ma part, je vais de l'avant, mon bon. Je vais de l'avant ! Mais libre à vous de choisir la prudence ; l'esquive fait partie de la boxe.

Je pose une main familière (quoique encore déférente) sur le capiton de son épaule.

— Croyez-vous réellement que je pourrais reculer à ce point de notre trajectoire ?

Charitable, il murmure :

— Bien sûr que non, Antoine. Je ne vous ai pas élevé comme ça !

L'IDÉE DE CHILOU

Il se tourne vers le délicieux Mao Tsé Rien :

— Pardonnez-moi d'accaparer mon codirecteur un instant, cher monsieur.

M'entraîne dans sa chambre.

— Gentil garçon, probablement, me fait le Vieux, mais ici il convient de se défier de tout et de tous. J'aimerais vous faire part d'une idée qui m'est venue, Antoine.

— Je vous écoute, Achille.

— Devant la gravité de cette situation, il faut inverser les réacteurs, si nous voulons survivre à l'enquête et, qui sait, la mener à rabbin pardon : la ramer à bien.

Ses délirades au Chilou, tu sais où je me les mets ? De cette façon, elles seront à l'abri des intempéries.

— Je n'ai pas assez de mes deux oreilles pour vous écouter, assuré-je-t-il.

Il dit. Et ce qu'il dit, loin de me sembler « ganache », me survolte.

— Antoine, nous allons prétendre que nous enquêtons pour le compte de particuliers. Ecoutez ça, petit : ces gens disparus avaient signé une grosse assurance-vie. Leurs ayants droit sont de hautes personnalités assez puissantes pour mobiliser la police française. D'où notre venue. Vous me suivez ?

— Mot à mot, Achille !

— Et pourquoi nous envoient-ils en Thaïlande ? Non pas pour retrouver l'éditeur et la pharmacienne, mais au contraire pour pouvoir ramener la preuve de leur décès, car sans cette preuve, les primes d'assurance ne peuvent être payées. Subtil, non ?

J'émets un cri préhistorique dont je ne me savais pas capable. Il tient de la dinosaure femelle en chaleur et de l'auroch qui s'est pris la queue dans le tambour d'une porte pivotante.

Génial, le Vieux. Il vient de résoudre la quadrature du cercle ! Effectivement, en accréditant ce bruit, nous allons avoir affaire, non pas à des gens qui se claquemureront dans le mutisme mais qui, au contraire, feront tout pour parler.

— Nous laisserons courir le bruit qu'il y a une bonne prime à la clé pour qui nous procurera des renseignements utiles.

— Si cette promesse n'est pas tenue...

— Elle le sera, fiston. Chez nous, il est proverbial que nous disposons de fonds occultes. J'ai accès à des réserves secrètes dont nous ne sommes pas plus de trois en France à pouvoir disposer. La somme est rondelette. Elle se trouve en Suisse, sur un compte numéro et il nous est possible, par un simple jeu de nos empreintes digitales, d'y puiser depuis toutes les grandes banques de la planète. Je ne me souviens pas d'y avoir eu recours plus de deux fois, ce en des circonstances très particulières. Je crois que ce sera la troisième.

— Vous êtes Dieu le Père ! m'écrié-je.

— Le Père Noël seulement, *dear* Antoine. Maintenant, fonçons dans cette fable. Pour commencer, il faut la sortir à l'interprète, en lui faisant promettre le secret, bien entendu.

— Supposons qu'il soit sincère et qu'il le garde ?

— Nous le confierons aussi à d'autres, répond philosophiquement le Vioque, mais je doute que ce garçon joue franc-jeu s'il flaire du fric. Il est chinois, et il n'existe personne qui soit plus cupide qu'un Chinois. Je vous parie ma rosette qu'il voudra sa part du gâteau.

— Surtout pas ça, récrié-je : elle vous va trop bien ! C'est elle qui vous garde ce teint fleuri !

Je t'inflige pas le défilé du personnel. Mis à part un gars du room service qui nous dit avoir apporté des consommations au couple dans sa chambre, alors qu'il recevait la visite d'un homme asiatique (probablement thaï, selon le valet), il ne ressort pas grand-chose de ces interros à la chaîne. Par contre, le portier est formel, surtout après avoir enfouillé cinquante dollars : quand Yves Trembleur et Rose Déprez ont quitté l'hôtel avec leurs bagages, ils ont pris place dans une voiture particulière conduite par un chauffeur en pantalon noir et chemise blanche à manches courtes. Le trio est parti très vite.

— Vous connaissiez le chauffeur ? interroge Chilou.

— *No, Sir.*

— Et sa voiture ?

— Pas davantage.

— La plaque minéralogique ?

— Comment voulez-vous ? Je passe mon temps à régler un trafic d'automobiles devant le palace. Il ne m'est pas possible de mémoriser les numéros de chacune.

L'homme est très gros, ce qui est plutôt rare en Asie. Son uniforme accuse encore le diamètre de son énorme bide qui ferait dire à Lulu qu'il a acheté l'airbag avant la Mercedes.

— Merci, fais-je.

Il se retire.

Pour terminer, il y a la chef standardiste, affriolante nana mince comme un démonte-pneu. On lui a demandé la liste des communications à la charge des amants. Maigrichon : une pour Paris, quatre pour la ville.

Je garde sa note et nous voici à nouveau à trois. On en profite pour « confier » à Mao Tsé Rien le réel motif de nos investigations ici, en mettant dur l'accent sur les primes que nous sommes habilités à offrir.

Comme on ne distingue pas ses carreaux, je peux pas te dire s'il fait tilt, mais il a un hochement de tête intéressé.

Avant de sortir, il nous précise que si nous pensons avoir besoin de lui, il serait heureux de se mettre à notre dispose. Il passe le matin à la fac, l'après-midi à l'hôtel, mais il reste libre de ses nuits et elles sont à nous.

Pour tâter le terrain, je lui attrique un Benjamin Franklin qu'il engourdit avec civilité.

— Je prendrais volontiers un bloody-mary, annonce l'Ancêtre en se rencognant dans son fauteuil.

— Je vous accompagne, dis-je.

Et je saisis le grelot pour passer commande.

— Double ! jette Achille au dernier moment.

— Cela va de soi, le rassuré-je.

***

Visite au standard de l'hôtel. Ça sent la femelle asiate et le parfum d'Issy-les-Moulineaux vendu en promotion dans les Uniprix de Bangkok. Elles sont quatre et ne chôment pas. Comme elles sont graciles et mignonnes, avec leur casque d'écoute ! Politesse délectable au sucre glace :

« Très certainement, monsieur. »

« J'ai le plaisir de vous passer votre correspondant, madame. »

On a du mal à retrouver celle qui nous a rendu visite car les quatre filles se ressemblent. Si par bonheur un de ces jours je les embroquais après leur service, faudrait que je leur écrive « Honorée », autour du nombril, pour éviter de tirer deux fois la même (étourderie qui fait le bonheur de l'une, mais flanque des complexes à celle qu'on a sautée en ne la sautant pas).

Je parviens néanmoins à retrouver la demoiselle de naguère et lui rends sa liste en la priant (dollars à l'appui) de me trouver les adresses auxquelles correspondent les numéros y figurant.

Le portier-bouddha-boudiné, ganté de blanc, déambule devant l'entrée, mains au dos. Il agite ses doigts nerveusement.

Je vais à lui en adoptant la mine des conspirateurs d'Offenbach. Il me sourit gras. Il a un énorme groin de beauté (pouah) sur la pommette. Je le saisis familièrement par le bras (lequel correspond à la taille de Mme Simone Veil).

— Puisque vous parlez parfaitement l'anglais, je voudrais vous entretenir sans passer par l'autruchement d'un interprète.

Il opine et visionne mes mains, espérant en voir jaillir une fleur de papier vert.

Alors je lui sors l'inventerie du Vieux, à voix basse, la main en pare-feu devant ma clape :

Il y a un max d'osier à affurer pour quelqu'un qui serait cap' de faire évoluer la situasse. Par exemple, s'il était en mesure de nous en casser sur la voiture et le chauffeur venus quérir les Françouzes, ça irait facilement chercher dans les cinq cents dollars de prime !

La somme manque lui faire avaler sa pomme d'Adam ; à Bangkok, elle représente beaucoup de pipes et de bols de riz.

J'ai l'impression qu'il grossit à vue d'œil, comme si on lui avait cloqué un gonfleur de pneus dans le troulala. Sa bouille se met à rassembler au globe terrestre vu de dos.

Je ne parle plus. Je m'approche d'une Ferrari mal rangée sur l'aire d'arrivée. Chouette bolide. Qui n'a pas rêvé d'en posséder une ? Ça a été l'une de mes premières grandes acquisitions ; seulement, comme chaque fois que je la roulais je devais revenir en taxi, j'ai fini par la troquer contre une 2 CV Citroën, moins prestigieuse mais plus fiable.

— *Sir, please...*

C'est le gros lard rance, avec ses paupières dilatées, sa bouche en guidon de course, sa verrue gerbante et ses gants blancs dont les doigts ressemblent à des pattes de crabe en agonie.

— *Yes?* je lui rétorque familièrement.

— Il se pourrait que j'aie une idée.

— Et moi, cinq billets de cent dollars, réponds-je.

J'ajoute, pas fou, le bourdon :

— Dans le cas où l'idée en question serait bonne, naturellement.

On est là, face à face, souriant comme deux adolescents qui se retrouvent chez une dame pute pour se faire briquer le pompon. Et puis le gros sac à riz est obligé d'aller accueillir des touristes japonais qui n'en finissent pas de rassembler leur matériel photographique.

Pendant que le portier s'active, je retourne voir ma standardiste. Elle a déjà préparé la liste demandée, cette exquise. Ils sont actifs, ces Jaunes ! Heureusement qu'ils ont des toutes petites bites, car ils nous le mettront dans le cul de plus en plus souvent, te préviens.

Elle m'explique que trois de ces numéros sont ceux de restaurants réputés et que le quatrième appartient à une agence de location de voitures. Concernant celui de Paris, il s'agit de celui des Editions du Perron.

— A quelle heure terminez-vous votre service ? lui gazouillé-je.

— Dans une heure.

— Venez jusqu'à ma chambre, je vous témoignerai ma reconnaissance pour votre précieuse collaboration.

Je la plante (grimpante) sans attendre une confirmation qui, peut-être, la gênerait, devant ses collègues.

A l'ombre odorante d'une cabine téléphonique, je prépare les 500 laxatifs du portier ; je consens volontiers cette avance à notre mission en attendant les « fonds ultra-secrets » dont m'a parlé Pépère. J'espère qu'il ne délire pas, le Dabe.

Le gros, il commençait à se fendiller du caberluche, croyant que j'avais fui devant mon engagement. Me voyant resurgir, il m'accorde un sourire dans lequel tu pourrais faire entrer *Paris-Match* sans avoir besoin de le plier en deux.

— L'auto des gens en question appartient à une agence, me dit-il.

— Oui, très bien…

Comme il rechigne pour en cracher davantage, j'élève jusqu'à son absence d'yeux mon poing d'où dépassent les biftons magiques.

Ça lui en remet pour un tour.

— Klong Rent-a-Car Agency, débite-t-il.

Je répète à l'intérieur de mon cerveau aussi vaste que le Grand Palais « Klong Rent-a-Car Agency ». Voilà qui est mémorisé à vie ! Quel phénomène, ce Sana !

J'ouvre mon poing-porte-monnaie, sélectionne trois biftons dont il s'empare comme s'il s'agissait d'un contrepoison pouvant le sauver d'une mort en cours et s'étonne de me voir garder le reste. Une sauvage réprobation se lit sur sa grosse motte de beurre rance à cheveux plats.

— Le solde après le chapitre chauffeur, déclaré-je. Dans un hôtel aussi fabuleux que celui-ci, le portier connaît tout ce qui travaille pour le tourisme. Alors, le nom du *driver* en question et vous pourrez emmener toute votre famille voir le prochain match de boxe thaïe.

Il regarde la pointe de ses pompes briquées à mort.

— Ne s'appellerait-il pas Sim ? demande-t-il.

— Il me semble, en effet, admets-je. J'ai en France un ami du même nom et qui doit avoir des origines thaïes, si j'en crois sa tête.

Il ponctionne le reliquat de sa pension ; la langue d'un caméléon gobeur de mouches n'est pas plus prompte.

Je le laisse d'un cœur léger parce que, tu sais quoi ? J'ai la preuve qu'il ne m'a pas bourré la coquille. Le nom de l'agence de location est celui que la petite standardiste m'a donné comme figurant parmi les appels téléphoniques de l'éditeur.

Joli, non ?

ÇA BICHE

Un mot glissé sous ma porte.

Le Vieux :

L'on vient de m'indiquer une officine, près de l'hôtel, où l'on vend des aphrodisiaques aux effets assurés. Je serai de retour d'ici une heure A. H.

Pauvre cher homme ! Ça doit être abominable de courir après sa virilité. Ce merveilleux perchoir tendu aux petites pattes du désir (comme dit la dussèche Anne de Grande et Petite Bretagne) se met à pendre, et tout est dépeuplé. Tu n'es plus qu'un préservatif oblitéré, jeté après usage dans les gogues d'un cinéma spécialisé dans les films pornos. Ah ! si Confucius pouvait lui faire dénicher un élixir de longue verge, à Achille, un onguent sous-tendeur, un baume redresseur de torve, une potion ranimeuse : couilles de crapauds séchées, décoction de serpent, poudre de cantharide, n'importe, seules comptent les vertus de ces éléments dépravateurs (si l'on peut parler ainsi) (1).

Je branche la télé. Des danses folklos. Je referme aussi sec ! Vais voir au bar de la chambre. Me prépare un jus de pompe-le-mousse au rhum blanc (moitié, moitié), histoire de me colorier l'intérieur. J'aurais fait un bon barman, biscotte mon esprit d'initiative. Et puis j'aime les mélanges. Ils télescopent la vie.

(1) Et moi j'y arrive d'une seule main !

Le décalage horaire se manifestant, je cloche. Mais la recette, pour surmonter rapidement ce handicap, c'est de t'aligner illico sur l'heure du bled où tu viens de débarquer, en tirant un bras d'honneur à la fatigue et au sommeil. N'empêche que j'en concasse bel et bien quand on sonne à la grille du parc. Réveil cardiaque. Adrénaline. Sens des réalités. Mémoire. L'heure! C'est la standardiste probablement. Et oui, c'est bien elle. Elle a troqué sa tenue occidentale contre une robe fuseau moulante, fendue des deux côtés. Je me gourais en te disant, quelques déconnages plus avant, qu'elle possédait la taille d'ùn démonte-pneu. Avec ce nouveau vêtement, tu dirais un tournevis ; et pas un destiné à visser les roues de locomotive !

Une fille mince comme ça, si tu l'emmanches elle a tout de suite l'air d'être enceinte de huit mois. Et pourtant, comme elle est tentante ! Si gracile ! Mon Dieu, merci de nous soumettre à la tentation ! Ce qu'on se ferait chier, sinon ! Moi, dans le *Notre Père,* j'ai carrément sauté la supplique : « Ne nous soumets pas à la tentation ». Oh ! que si : soumets-nous, Seigneur en qui je crois. Soumets-moi bien, car qui ne désire pas ardemment est impropre à la baise. Une femme, il faut l'avoir enfilée cent fois par la pensée avant de la prendre pour de bon et de la bien prendre. Alors pas d'hypocrisie, je t'en prie, mon frère ! Soumets! Soumets, Dieu tout-puissant, afin que ça craque dans notre bénouze comme une cargaison mal arrimée dans la cale d'une goélette !

Son arrivée au creux de ma somnolence me plonge dans une timidité que je croyais depuis lurette avoir surmontée.

— Asseyez-vous. Puis-je vous proposer quelque chose à boire ?

— Non, merci, nous n'avons pas le droit de consommer avec la clientèle.

Ben voyons ! comme on dit dans les mauvais films au dialogue faiblard. C'est la réplique bateau par excellence, elle répond à toutes les nécessités, dans toutes les circonstances. Exemple :

« — Vous savez que je peux vous faire éclater la tête ? »

« — Ben voyons ! »

ou encore :

« — Tu as l'air de moins m'aimer, depuis quelque temps ? »

« — Ben voyons ! »

Des chiées commako, à l'infini. Deux mots bouche-trous. Je te jure qu'ils me font chier !

« — Ben voyons ! » me répondras-tu.

On tourne Devos.

Rends-toi à l'évidence, Antoine (c'est à deux pas d'ici). Cette fleur de bambou est venue me voir uniquement pour palper sa récompense.

Bon : cent pions, qu'est-ce qu'on risque, c'est la France avec tous ses cons et ses tribuables qui paie.

Elle affure discrétos.

— *Thank you very* moche, Sœur.

Elle a déjà un élan en direction de la lourde. Doit y avoir dans le landerneau un Niac qui l'attend, avec son petit bistougnet fiévreux qui lui trépigne dans le bloudgine.

— Un instant, *please !*

Docile, elle s'arrête.

Au moins que je lui déballe notre faux motif de venue. La nouvelle doit se répandre dans le mitan bangkokien le plus rapidement possible. Béru dirait : « Comme une traînée de foutre » (1).

Je reprends mon ton de confident. Conclus par :

— Si vous découvriez un indice relatif à cette disparition, ne manquez pas de m'en faire part, ce serait votre intérêt.

Elle verdit, ce qui est la manière de rougir pour les Jaunes.

— Certainement, Sir.

(1) Je l'avais placé dans le *book* d'avant, mais tu les lis pas forcément à la chaîne !

Bonté divine, ce corps ! Je peux lui emprisonner la taille d'une seule main.

— Vous êtes très jolie, que je lui sors avec le brio d'un aide-vidangeur de province reculée.

— Merci, Sir.

Son « Sir », il rêve de lui déballer un zob dont on ne peut, à lui, faire le tour complet avec la main !

J'avance une paluche caressante mais prudente. Comme je le redoute, elle esquive.

— Pardonnez-moi, lui dis-je, mais une pulsation, je veux dire une pulsion coercitive, je veux dire incoercible, me pousse à vous saisir dans mes bras pour... Pour enfin, quoi, opérer avec votre corps cette fabuleuse injonction, je veux dire jonction, source de voulez-vous-péter, je veux dire de volupté qui, que, quoi, dont, où lesquels prennent un « x » au pluriel et deviennent féminins au singulier de l'indicatif lorsque le complément est placé avant...

Je me tais enfin, bafoué par une émotion de trop forte qualité. Que m'arrive-t-il ? Elle m'assèche, cette fille, me désertifie, me loquetise, m'embreloque !

Mon sexe est gros comme une aubergine primée par le comice agricole de Cavaillon.

Alors la petite ouvre son mignon réticule Cartier acheté sur le trottoir à un maroquinier apparenté au marchand de beignets d'à côté ! Elle y prend une carte de visite.

— Venez me voir à l'institut de massages où je travaille quand j'ai terminé ici, me dit-elle, nous soignerons cela.

Et de m'empoigner Coquette par le cou !

Si tu réfléchis bien, c'est plutôt gentil, non ? Enfin, moi je trouve.

*
**

L'heure se faisant tardive et la fatigue pressante, nous mettons à demain nos investigueries et décidons d'aller claper au restau de l'hôtel situé de l'autre côté du fleuve. Un service de navettes (comme disait Jacquard) assure le va-et-vient. L'endroit est aussi luxueux que l'établissement principal. Je te passe sur le décor des Mille et Une Nuits, le service impressionnant, la qualité de la briffe. Du grand art bouffematique.

On nous trouve une table pour amoureux, donnant sur le Ménam dont l'eau trouble paraît enchanteresse sous les lumières.

Je songe avec nostalgie combien je serais euphorique à cette table en compagnie d'une femme dont je caresserais le dos de la main en mangeant et la chatte tout de suite après. Ces tête-à-tête sont toujours grisants. Des instants au cours desquels tu peux te taire en écoutant la musique capiteuse du moment.

Achille doit avoir des pensées similaires puisqu'il murmure, après avoir goûté le bordeaux :

— Ça me rappelle Venise.

J'opine.

— La dernière fois que j'y suis allé, poursuit le Dabe, c'était en compagnie d'une femme dont je fus très amoureux. Pas l'une de ces tapageuses créatures dont j'aimais la compagnie parce qu'elles étaient techniciennes de haut niveau ; non, la personne en question était l'épouse de mon meilleur ami. Nous nous sommes aimés platoniquement pendant plus de vingt ans. Et puis ce brave Simon est mort d'un infarctus. Quelque temps plus tard, j'ai proposé à sa veuve ce voyage à Venise. Elle était réticente, mais a fini par accepter. Nous avons pris deux chambres contiguës au *Gritti*. Croyez-moi, mais nous nous contentions de parler. Un blocage. Le disparu était plus fortement présent que quand il vivait. Etrange voyage de noces auquel l'acte ne participait pas.

« Et puis il s'est passé quelque chose de tout à fait somptueux, Antoine, je ne trouve pas de mot plus approprié. Au moment du départ, alors que le bagagiste venait d'emporter nos valises et que notre taxi-vedette nous attendait au ponton, nous nous sommes jetés l'un sur l'autre et nous avons fait l'amour comme des tigres, sans nous dévêtir, bien entendu. Un coït de soudard, petit ; le plus beau de ma vie, je crois bien. »

Tiens, il pleure sur sa langouste grillée, le Chilou.

Marrant : c'est à lui que je caresse le dos de la main. On va nous prendre pour deux tatas en train de se courtiser.

— Et la dame, demandé-je, ému, qu'est-elle devenue ?

— Elle est partie vivre chez sa fille qui est médecin aux Etats-Unis. On s'écrit une fois par mois environ pour échanger des réflexions douces-amères sur la dégueulasserie de l'existence. D'amour, il n'en fut plus jamais question. Je repense à nos amours vénitiennes, à cet instant, Antoine. Croyez-vous que les moments clés de notre vie ne servent qu'à nous constituer des souvenirs « humides » ?

— Quand ce serait, Achille ? Quand ce serait ?

Le maître d'hôtel vient nous demander si la langouste est bonne.

— Savoureuse !

Il s'éloigne. C'est vrai que ce décapode des fonds rocheux stimule nos gustatives par son goût marin et sa chair fraîche grillée. Le beurre blanc qui le nappe pourrait sortir de chez *Lasserre* ou la *Mère Brasier*. La moulinée de gros poivre que je lui ai adjointe parachève la réussite.

— Manger, soupire Chilou ; il ne me reste plus que cela comme plaisir physique !

— N'enracinez pas cette pensée dans votre tête, Achille, elle y deviendrait idée fixe. A propos, vous l'avez trouvée, votre poudre de perlimpinpin aphrodisiaque ?

— Oui. J'avais déniché quelque chose de similaire à Hong Kong, voici lurette, et j'en garde un excellent souvenir.

— Alors, hâtez-vous d'en avaler.

— Vous pensez bien que c'est fait ! J'ai pris double dose pour précipiter le résultat éventuel.

Retour du maître d'hôtel. Il tient, avec son pouce ganté, un feuillet blanc plaqué sur un petit plateau d'argent.

Me le présente.

— L'addition ? béé-je. Je ne l'ai pas demandée.

— Un message, Sir.

— De qui ?

— Je l'ignore. C'est un chasseur de l'hôtel qui vient de l'apporter. Vous êtes bien Mister San-Antonio ?

— Je le suis bien.

J'empare le faf plié en deux. L'ouvre.

Des caractères d'ordinateur s'étalent, gras et un tantinet baveux :

Soyez à minuit au Gai Paris, *quelque chose pourrait vous intéresser.*

— Pouvez-vous demander au messager de venir me parler ? demandé-je au pingouin.

— C'était un chauffeur de taxi, Sir. Il est reparti.

Je pousse le mystérieux message vers l'assiette de mon sentimental Chilou.

— On dirait que nos lignes de fond commencent à fonctionner, lui dis-je.

GAI, GAY, MARIONS-NOUS !

— Vous ne trouvez pas, Antoine, que ce rendez-vous ressemble à ceux qui se donnent dans les productions « B » du cinématographe ? J'ai l'impression de jouer dans un méchant film d'espionnage.

— D'accord avec vous, Achille. Pourtant, dans les films en question, ils font immanquablement progresser l'action et, n'est-ce pas ce à quoi nous aspirons ? objecté-je, avec le sentiment de m'exprimer soudain comme dans le cinéma britannique mal traduit.

Le *Gai Paris* devrait s'écrire *Gay Paris,* vu qu'il y a autant de grandes folles dans cette boîte que chez un grand coiffeur parisien pour dames.

Dans une immensité obscure, faiblement éclairée par de fausses chandelles électriques, quatre « fresques » célèbrent notre immortelle capitale. Elles représentent : la tour Eiffel (ça, tu peux y compter), l'Arc de Triomphe (incontournable), le Sacré-Cœur (Montmartre oblige), et un ballet french cancan (dont les protagonistes offrent la particularité de sortir d'une maison de retraite pour danseuses terrassées par la maladie de Parkinson). La salle est meublée de tables basses posées devant des accumulations de poufs ventrus. En son centre, une piste de danse qui tiendrait mal dans ta salle de bains et, au bas des degrés noirs, aux nez de marches lumineux, un bar d'au moins vingt-cinq mètres de long derrière lequel s'affairent des éphèbes jaunes sobrement vêtus de dessous féminins très seyants. Note que pour des mecs qui pourraient utiliser des capuchons de stylos Bic comme préservatifs, c'est pas trop grave.

Renonçant à aller nous vautrer dans l'obscurité, sur les poufs hébergeurs de pafs, nous élisons le comptoir comme centre d'accueil. Nous demandons deux vodkas-citron et nous nous mettons à attendre des événements qui ne peuvent manquer de se produire sinon le présent ouvrage serait sans intérêt. Or, moi, tu me connais ? Je ne suis pas le genre d'auteur à laisser s'anémier l'action, non plus que les personnages. Personnellement, tout bouquin qui ne m'a pas « happé » dès les dix premières lignes n'a pas besoin d'être lu.

Un être confus, de sexe d'autant plus indéterminé qu'il est d'une fragilité de verre filé, le cheveu noir, long et lisse, coiffé à la garçonne, habillé d'une sorte de chasuble de soie blanche rehaussée d'or aux manches et au col, vient se blottir (pratiquement) contre le Dirlo.

— Accepteriez-vous de m'offrir une coupe de champagne, monseigneur ? demande la créature d'un ton craintif, bien que s'exprimant en anglais.

— Avec le plus grand plaisir, assure le réformé de la membrane, gagné par le « monseigneur » et l'extrême politesse de la créature.

Je me dis qu'il s'agit probablement d'une entrée en matière visant à autre chose qu'à une opération putassière.

Le serveur mi-nu apporte la coupe sollicitée. Je constate illico qu'il s'agit d'un champagne anémié qui a perdu du ressort. L'entraîneuse ne le déguste pas moins avec des mines de chatte heureuse.

— Vous êtes européens ? nous demande-t-elle de sa petite voix de souris aphone.

— Mieux que cela : français, répond le Vénérable qui a toujours estimé sa qualité de Français comme un signe de la bienveillance divine.

Notre compagne paraît d'ailleurs éblouie par cette annonce et marque la considération attendue par Chilou.

— Vous portez un parfum délicat, dit-elle au Vieux.

— Merci.

— Je pourrais passer la nuit à vous respirer, ajoute-t-elle.

Du coup, le Daron ne se sent plus et grimpe en mayonnaise.

— Ces Jaunes sont d'une délicatesse !... me chuchote-t-il.

— Ah ! ça change d'avec les dockers irlandais, admets-je très volontièrement.

Je consulte ma Pasha. Zéro heure vingt-deux. Sur le message ne parlait-on pas de minuit ? Alors quoi ? Lapin, ou bien le contact auquel je m'attendais est-il celui en train de flirter avec l'Etincelant du gyrophare ?

Il ne me répond pas mais, dans l'obscurité, je devine des mouvements feutrés.

Le Dirluche pose brusquement sa dextre sur mon bras gauche (très gauche).

— Ça y est ! dit-il dans un souffle.

— Qu'est-ce qui y est, Achille ?

— J'entre en érection, mon petit.

— Les attouchements subreptices de cette créature ?

— Joints à la poudre magique. L'effet est certain ! Oh ! Seigneur, quelle merveille ! Il me semble rentrer d'un long voyage en enfer.

A voix basse, il se met à réciter, sans fioritures ni trémolos, un ardent *Notre Père*.

L'ayant achevé il exulte :

— Oui, oui, ouiiii ! je bande, Antoine ! Je bande ! Oh ! la divine, la fabuleuse surprise. Une queue d'airain, mon lapin ! Je pourrais casser des noix avec, enfiler Anne d'Autriche, disloquer la vulve d'une lavandière, soulever un sac de patates, percer un galandage, jouer de la grosse caisse, du tam-tam, faire la courte échelle à Bérurier, assommer un veau, me transformer en toton, piler du manioc, mettre une barrique en perce, faire du stop en conservant les mains aux poches !

« Fabuleux, miraculeux ! Jamais je n'ai eu la même ! Ecoutez, je sais que ça ne se fait pas, mais touchez, par curiosité ! Quel volume ! Vous ne voulez pas toucher ? En camarade, pour vérifier le prodige ! Non ? Soit ! Je vais devoir vous abandonner, Antoine. Cette exquise personne doit m'éteindre avant que je n'explose. Pourvu qu'elle soit suffisamment large pour héberger un tel pénis ! On doit pouvoir se procurer de la vaseline dans ce pays, non ? A défaut de l'huile ? On fabrique bien de l'huile en Thaïlande, non ? »

— Achille, lui dis-je, réalisez-vous que nous nous trouvons dans une boîte d'homos et que le réanimateur de votre virilité en sommeil en est très probablement un ?

Mais autant cracher dans le Pacifique.

— ET ALORS ? gronde Chilou. Que voulez-vous que ça me foute, dans l'état ou je suis ? Mais, mon garçon, à cet instant, j'enfilerais un âne ! Un sac de farine troué ! La reine d'Angleterre ! M. le chancelier Kohl ! Il est impératif que je découille, moi, monsieur le directeur. Que je vérifie illico si cette folle érection est une infirmité momentanée ou un véritable retour à la vie sexuelle ! Quand le vin est tiré, il faut le boire ! Et quand on dispose, après des mois de chasteté, d'un sexe parvenu à ce point de dilatation, on doit l'enfourner, vite, n'importe où, dans n'importe quoi ! Vous ne comprenez donc pas, pauvre con, que cet état est critique ? Que ma queue est intenable ?

Je m'emporte, comme j'aurais jamais cru, avec « môssieur le directeur ».

— Ecoute, vieux zob, fais-je en tirant sur sa cravate, nous nous trouvons en Thaïlande ! Cinq cent mille cas de Sida au dernier recensement. Et tu veux te faire une petite lope contaminée jusqu'à la moelle !

— Un suicide comme un autre, môssieur ! se rebiffe Chilou. Cette érection est le suprême présent du destin, je ne la laisserai pas retomber sans l'avoir utilisée, ce serait criminel ! Une injure à Dieu !

Puis, à son compagnon (?) :

— Venez, chère petite créature du salut, venez détruire, hélas, ce que vous avez construit avec tant d'aisance.

Je balance un bifton au loufiat et sors sur leurs talons, renonçant à attendre davantage l'arrivée problématique d'un mystérieux correspondant.

*
**

Il existe une assez grande distance entre le *Gai Paris* et notre hôtel. Heureusement, quelques taxis poireautent devant la boîte de nuit.

J'en affrète un et nous montons. Je voudrais m'installer au côté du chauffeur, par discrétion, afin de laisser le « couple » s'ébattre dans des prémices de feu, mais le *driver* me répond qu'il ne veut pas de contact direct avec la clientèle.

Son bahut est une caisse rutilante par rapport à la plupart des sapins thaïs et une vitre « britannique » sépare le transporteur des transportés. Vieille tire garnie de cuir noir, si vieux qu'il en est vert. Voiture de maître rouillée sous le harnois et convertie en taxi dans un pays où les objets ne parviennent pas à mourir. Une pièce de musée, pratiquement.

Avant d'y prendre place, j'actionne la poignée de l'intérieur, craignant un piège. J'ai déjà donné en la matière. Un jour l'on m'a chargé dans une bagnole dont l'avant était isolé de l'arrière par un verre Securit et dont les portes ne pouvaient être ouvertes du dedans. Y a longtemps, mais les coups d'arnaque sont toujours à l'ordre du jour lorsqu'on les réussit. Et puis le petit mecton qui rebranche Pépère sur le courant lumière ne me botte pas. Je me dis que je ne peux pas laisser mon vieux gâteux courir à une pareille dépravation. Son ramadan prolongé lui a chanstiqué la boussole et, devant sa raideur reparue, il est prêt à sombrer à pic dans le stupre et la turpitude, ce croulant chéri !

Le bahut décarre enfin. Sous le capot, et ailleurs

aussi, il se passe des choses incompatibles avec l'industrie automobile : ça ferraille, grince, cliquette, s'ébroue. Elle marche à quoi, cette vénérable casserole ? A la tourbe ? Au charbon de bois ? Toujours est-il qu'elle est fatalement à vapeur ! Ou alors on a trouvé quelque carburant composite à base de canne à sucre ou d'alcool de palmier pour la propulser. Tu crois pas ?

Tandis qu'on fend la circulation, toujours aussi dense, le minet est en train de fourbir le panais racé de Monseigneur ! Pas fou, le micheton : il le tient à l'incandescence, son riche protecteur. Combien va-t-il lui engourdir ? A-t-il pigé qu'il s'agit d'un cas unique et que cet élégant vieillard est prêt à tout pour se laisser interpréter « Résurrection », version non expurgée ?

J'essaie de repérer notre trajet ; je connais peu Bangkok, pourtant il me semble que nous sommes dans la bonne direction.

Je vois le buldingue de la Compagnie Tes Tî Kul dont le sigle représente un singe stylisé en train de se masturber avec élégance, le petit doigt levé. Nous sommes passés par là pour aller au *Gai Paris.*

Pleinement rassuré, j'essaie de prêcher la prudence à Achille :

— Je vous en conjure, mon cher, n'allez pas faire l'amour à ce prostitué ! Je...

Il me lance :

— Pour l'amour de Dieu, Antoine, fermez votre putain de gueule, sinon vous allez me faire débander, et ça, je ne vous le pardonnerais jamais !

Et puis, je ne sais pourquoi, notre taxoche stoppe à un feu rouge, chose qui ne se fait jamais ici. Ma portière s'ouvre brusquement et quatre mains me saisissent, dont l'une par la gorge, une autre par les burnes et les deux restantes par les poignets. Je suis littéralement arraché de la voiture et fourré dans une autre guinde qui attend à sa hauteur. On me lâche le corgnolon, les bourses, les battoirs. Je me trouve la tête en bas, le visage écrasé sur un tapis de caoutchouc pourri, constellé de glaves, de mégots et de chewing-gum mâché jusqu'à l'épuisement.

Sans vergogne, mes deux agresseurs, s'assoient sur moi et me frappent partout où ils peuvent, comme pour me tasser dans l'étrange récipient qu'est l'auto.

Celle-ci repart dans la circulation.

Je me demande si Achille, tout à son aventure galante, s'est seulement aperçu de quelque chose ?

MIRACLE A BANGKOK

Le voyage est bref. Si notre taxi n'a que des courses aussi réduites à faire, il doit pas affurer son hareng séché de Noël !

Le vacarme des avertisseurs en délire me déchire les cages à miel. Ce foin, madoué ! La tire qui m'emporte est encore plus vétuste que la précédente. Y a, dans le plancher, des trous plus larges que ma main, à travers lesquels je vois défiler la chaussée maculée d'huile et de sanie.

Un petit quart d'heure à peine et nous stoppons. Les mains qui m'ont jeté dans le carrosse m'en arrachent tout aussi brutalement. Je découvre une sente fangeuse, bordée de constructions légères bâties sur pilotis. On est au bord d'un canal qui pue la pourriture. Tout est obscur alentour et seul le sourd miroitement de l'eau met une confuse notion de clarté dans cet univers puni.

Mes ravisseurs me désignent une espèce d'échelle de meunier par laquelle on accède à l'une des masures. Cette dernière me fait penser aux éléphants peints par Dali, avec leurs pattes grêles et leur corps tordu.

Je gravis les degrés chanceleurs. Une porte est ouverte sur l'insondable mystère d'un antre sombre et malodorant comme un anus de trimardeur. Pour tout éclairage, un lumignon à huile. Faut du temps pour qu'il arrive à vaincre l'obscurité. Mais la lumière triomphe toujours, même faiblarde et minuscule. Je vois, dans ma chambre où je possédais une pendule à chiffres phosphorescents, j'ai dû m'en séparer car elle finissait par « illuminer » la pièce et m'empêchait de roupiller.

Dans cette noire caverne sur échasses, je n'aperçois qu'une minuscule silhouette, blottie dans un coin, sur des sacs de jute : nain ou petit garçon ?

Les deux mecs qui m'ont embarqué, me rejoignent. Pas grands, mais larges, ces messieurs. Des catcheurs ! Et des pros ! Ils me foutent un tabouret sous le valsif et je n'ai plus qu'à m'asseoir. Personne ne parle. Les « petits costauds » s'acagnardent sur leurs talons, dos à la cloison de planches. Ils n'ont pas besoin de sièges, eux. Y a que nous autres, Occidentaux ramollis, qui ne pouvons exister sans un minimum de confort.

Le dernier entré a fermé la porte coulissante et s'est installé de manière à la bloquer.

O.K. ! Qu'est-ce qu'on attend pour être heureux ? Qu'est-ce qu'on attend pour faire la fête ?

L'un des gars rote si puissamment, que la nostalgie de Bérurier m'empare. J'aurais dû me l'adjoindre, le Mammouth. Il allait nous disloquer cette cabane perchée en beaucoup moins de temps qu'il n'en a fallu pour la bâtir !

Cela dit, je suis très capable de bondir et de galocher les gueules des deux compères. Je me suis tiré d'endroits plus insalubres. Mais une curiosité me picote les pruneaux fourrés. Il est évident que nous attendons quelqu'un, et je donnerais la montre de gousset en or hérité de ton grand-père, pour découvrir qui.

Un bon moment s'écoule encore. L'un de mes gardiens allume une cousue. A la brève lueur de l'allouf, je découvre une large face graisseuse, piquetée de trous comme la surface lunaire. D'énormes paupières inférieures grosses comme des gants de boxe, un front plus bas que le ciel du plat pays cher à Brel, un nez si large et si aplati que pour se foutre des gouttes dans les narines, faut passer par l'anus.

Voilà du client sérieux, espère. Pour lui, la vie des

autres a moins d'importance qu'un étron sur un trottoir. Non seulement il doit tuer sans état d'âme, mais il prend son pied à le faire.

Enfin, un bruit de bagnole qui s'arrête. Un pas fait trembler l'échelle. Mes anges se sont levés et l'un d'eux déponne la lourde.

Je vois surgir un homme à la silhouette jeune, vêtu de blanc et portant de grosses lunettes teintées (comme s'il ne faisait pas suffisamment sombre ici).

Ce gazier a trop vu de films américains, ça lui a pernicié la pensarde. Maintenant il croit en permanence jouer dans un « J'abonde » (comme dit le Gros pour James Bond).

Il entre et me sourit Valentino.

— Hello ! me lance-t-il joyeusement.

Son aspect « troisième couteau » s'arrête là. L'arrivant a à cœur de se montrer courtois.

— Merci pour votre invitation imprévue, lui fais-je.

Il rit.

— J'espère que vous n'avez pas eu peur ?

— C'est un sentiment avec lequel je vis en assez bonne intelligence.

Mon ton léger l'en convainc.

— Je vois. C'est bien. Vous êtes directeur de la police parisienne ?

— Codirecteur.

— Le bruit court que vous recherchez des Français disparus ?

— Les nouvelles vont vite chez vous !

— Vous n'en avez aucune idée !

Comme il détonne par rapport à ses deux sbires brutaux ! Plus je l'étudie, plus je trouve en lui un être soucieux d'élégance et de bonnes manières. Oh ! certes, il met passablement à côté de la plaque, mais il a la volonté de « paraître ».

— Si vous m'avez fait conduire ici, reprends-je, c'est, je suppose, parce vous êtes à même de m'aider ?

— Cela dépend...

— De qui ?

— De plusieurs paramètres.

— Qui sont ?

— Il va falloir mobiliser des hommes qui, généralement, ne travaillent pas pour rien.

— Ensuite ?

— Laisser les autorités thaïes à l'écart de ce problème.

— Et enfin ?

— Agir vite et tout oublier.

— Ces conditions ne me semblent pas insurmontables, assuré-je avec un sourire enjôleur.

Lui, on aperçoit ses prunelles. Regard de chat rêveur. Homo ? Probable. Il a de la grâce, une grâce frelatée, doucereuse, dangereuse.

— Quel budget prévoyez-vous pour la réalisation de telles recherches ?

Il a dû faire des études secondaires dans un institut anglais, son phrasé garde un je-ne-sais-quoi d'alambiqué. Il a tout du fils « de bonne famille » (1) absorbé par le Milieu.

— Je pense qu'il vous appartient d'articuler la somme, rétorqué-je.

— C'est vous qui cherchez de l'aide.

— Mais c'est vous qui proposez la vôtre.

Il époussette sa veste blanche.

— Cinquante mille dollars, énonce cet homme de bien.

L'une des grandes règles, dans la truanderie, c'est de marchander. Si tu n'y souscris pas, tu te fais taxer à mort.

— Je croyais la main-d'œuvre meilleur marché, dans ce pays ?

— Ça dépend de laquelle.

— La moitié de cette somme me paraîtrait déjà élevée.

(1) Comme s'il en existait de mauvaises !

— Il faut savoir ce qu'on veut, répond-il.

— J'espère que vous allez faire quelques pas à ma rencontre ?

— Nous sommes ensemble ! ironise l'homme au complet blanc.

Dans son coin, l'enfant supposé se met à tousser vilainement ; m'étant accoutumé à l'obscurité, je peux apercevoir son pauvre visage en perdition ; pourquoi les gosses sont-ils de plus en plus les martyrs des temps nouveaux ?

— Le temps presse, fais-je, ne tergiversons pas. Quel est votre dernier prix ?

— Soixante mille dollars !

Voix métallique, tranchante, teintée d'une ironie au vitriol. Il me punit d'avoir essayé de marchander.

Si je m'écoutais, je lui filerais un coup de boule dans le portrait, histoire d'atténuer sa séduction. Mais ça déboucherait sur quoi, tu peux me le dire, Casimir ?

— Ce n'est pas moi qui tiens les cordons de la bourse, il faut que je rentre à l'hôtel pour en référer à mon trésorier-payeur, dis-je.

— Bien entendu, elle sera affirmative.

— C'est vous qui le dites.

— En effet. Vous avez la photo de ces deux Français ?

J'en possède même plusieurs, toutes prêtes dans la poche intérieur de mon veston.

Le type en *white* se saisit du cliché et l'examine.

— Demain matin, préparez l'argent et attendez que l'on vous contacte à votre hôtel, fait-il enfin. Et n'oubliez pas l'une des clauses du marché : pas de coups tordus ; je suppose que vous avez envie de revoir la France ?

— Complètement.

— C'est un pays qui se mérite. Salut !

Il jacte en casse-noisette à ses gonziers, lesquels m'entraînent avec le même moelleux dont ils ont fait preuve pour m'amener.

Derrière la guimbarde des hommes de main, se

trouve une Porsche noire rutilante, plutôt anachronique dans ce quartier pourri.

⁂

Je frappe à l'huis du Vieux, discrètement.

Il vient débonder, dans une superbe veste d'intérieur Hermès, en velours noir, avec motifs de soie aux revers représentant des sabres de samouraï. Il n'a pas de pantali, de pantaquoi, de pantalon, mais la veste étant longue, on ne voit rien de ses bas morcifs.

Il me détoise un instant, comme s'il ne me reconnaissait pas. Et puis ses deux mains diaphragmes (comme dit Béru, pour diaphanes) se posent sur mes biceps. Il m'attire contre lui. Enfouit son beau visage d'extrême droite au creux de mon épaule et se met à sangloter.

Je compassionne dare-dard (je ne peux pas moins faire).

— Qu'il y a-t-il-t-il, patron ?

— Mon tout petit, mon chéri, mon amour, glabouille-t-il dans l'épicentre de son émotion, ça y est ! Ça y est tout à fait ! Ça y est complètement ! J'ai repu !

— Baiser ? interrogé-je, en retenant mon souffle.

— Oui, mon ange, oui, mon *baby* joli. Et vous savez quoi ? C'est une fille ! Une vraie ! Pas quelque chose de bricolé ! De la pure chatte congénitale, mon loup ! Exquise ! Suave ! Veloutée ! Chaude ! Humide ! Si je vous disais : étroite ! Evidemment, à se faire mettre par des sexes gros comme des noix de cajou, on conserve pratiquement sa virginité ! Venez que je vous montre cette merveille ! Elle s'appelle Fan De Chi Choun et elle est catholique, imaginez-vous !

« Antoine, ma merveille, mon petit homme. J'ai joui deux fois. Je répète : deux fois ! Et ce ne fut pas des coïts blancs ! Ou plutôt si ! Enfin vous me comprenez ! Autant de semence qu'à mes quarante ans, Tonio-joli-chéri-à-son-petit-Chilou ! Abondant ! Floconneux ! Le grand, le beau, le vrai coup de bite du marin retrouvant sa morue ! Elle ne savait pas qu'une telle prouesse existait, la pauvrette.

« Approchez, voyez comme elle est belle, comme elle est gracieuse dans son anéantissement consécutif au plaisir. Elle roucoulait, telle une tourterelle tandis que je la pénétrais à monstres coups de reins ! Un vrai soudard, je fus, mon Toitoine ! Un Cosaque en rut ! Jack l'Eventreur ! Et maintenant elle flotte, nue, dans les nues de la félicité. Sa jouissance qui court sur son erre, mon Nionio !

« Tenez, j'entrouvre ses jambes à son insu. Pas un travelo, hein ? De la chatte de jouvencelle, bel et bien ! Avec le témoignage formel de mon passage ! Une œuvre, San-Antonio ! Une œuvre comme nul Raphaël, ce con, nul Léonard de Vinci, ce taré, n'en réalisa. Et ce fut si délicieux ! Je l'ai entreprise par une dégustation lente ! Son premier cunnilingus ! Ça vous révèle une fille ! Elle paraissait épouvantée par mon audace. Balbutiait : « Non, *no, nein* ! » Mais mon insistance péremptoire l'a vaincue. Alors elle s'est abandonnée comme une bouteille lestée d'un message s'abandonne aux flots.

« Quand son flux m'a aveuglé, je me suis mis à l'emparer. Oh ! la lenteur de mon étreinte somptueuse, éminent compagnon ! Que ne fûtes-vous là, aux premières loges, à me regarder faire les cent pas dans son chaton ! J'ai dû la prendre pendant quarante minutes. »

— C'est bien, Achille, c'est très bien.

— Où étiez-vous passé ?

— J'ai été contacté par des amis qui promettent de nous aider en échange de soixante mille dollars.

— C'est donné ! fait le Miraculé.

— On pourra obtenir l'argent demain ?

— Mais oui.

— Le matin ?

— Bien sûr ! Oh ! Antoine, regardez ce qu'il m'arrive ! Voilà que je rebande. Après une aussi longue absence ! C'est fou, non ?

Je rejoins le gorille jaune qui m'attend et laisse Chilou perpétrer à couilles rabattues ses nouvelles amours.

LA NUIT DES GROS GRUMEAUX

Son bonheur fait peine à voir. Car je le sais condamné d'avance. Demain, l'effet de ses aphrodisiaques se sera dissipé, et son serpent des poils retrouvera sa flasqueté coutumière.

Pour l'instant, il pavoise, Achille. L'homme qui vient de se déchirer les couilles dans une gonzesse se prend facilement pour un démiurge.

Nous buvons du champagne que l'exquise enfant rote à grandes feulées. Le Dabe s'extasie :

— Voyez cette innocence, Antoine. Ses borborygmes révèlent sa nature spontanée. J'ai grande envie de l'emmener à Paris. Je suis seul dans mon hôtel de la rue d'Andigné. Je pourrais l'installer en une chambre contiguë à la mienne. Et je jouerais les Pygmalion. Je lui enseignerais les usages, l'habillerais grande couture, la sortirais dans des endroits chics. Elle deviendrait ma chose, comprenez-vous ? Je promènerais pour ainsi dire ma passion en laisse, comme on balade un sloughi. Sur mon passage, les gens chuchoteraient : « Tiens, voilà Achille Hachille et sa petite Chinoise ! ». De temps en temps, je lui ferais sucer quelque vieil ami afin de renforcer son personnage de ravissante esclave.

Il s'y croit déjà ! Imagine cette fin de vie amoureuse triomphale.

— Par exemple, poursuit le Dabe, il faudra que je la fasse élargir car j'ai le pompon endolori, mais la chirurgie accomplit des merveilles.

Il en parle comme de chaussures trop étroites qu'il convient de confier à un cordonnier. Ah ! cher boss rutilant de vanité ! quelle joie de le retrouver intact dans son égoïsme de vieux jouisseur pervers. Il y a une espèce d'innocence dans ses propos machos. Il demeure un enfant gâté, toujours prêt à opérer un quelconque Anschluss pour s'approprier les jouets qu'il convoite.

— Allons dormir ! finit-il par décider après avoir coulé sa meilleure main sous la robe fendue de Fan Dé Chi Choun. Il n'est pas exclu que je l'honore d'une dernière troussée.

*
**

Dans le milieu de la nuit, mon turlu trémulse. C'est le Dabe. Voix neutre, presque rogue. En aurait-il fini avec son pouvoir copulateur ?

Faute de mieux, j'enfile ma robe de chambre et accours. Le trouve assis dans un fauteuil, le buste très droit, le regard pareil à deux trous percés dans une tenture mortuaire.

— Problèmes ? interrogé-je.

— Elle est partie ! jette-t-il brièvement.

— Vous vous êtes disputés ?

— Du tout : je dormais. Elle a emporté tout mon argent, ma montre, ma chevalière et l'épingle de cravate que je tenais de feu mon père.

— Elle a tué la poule aux œufs d'or, cette petite salope, soupiré-je.

Il sévérise :

— Z'en prie, Antoine, modérez votre langage. Cette petite sort d'un milieu où on lui a enseigné la prostitution et la rapine ; je n'aurai que plus de mérite à l'arracher de la fange.

— Car vous comptez la rechercher ?

— Et la retrouver, oui, mon cher. Ah ! il est pugnace, le vieil Achille ; il ne se laisse pas démonter aussi facilement. Bon, vous m'accompagnez ou y vais-je seul ?

— Où cela, patron ?

— Au *Gai Paris,* voyons. Je vous fous mon billet qu'elle y est allée directement en sortant de ma chambre. Dans son esprit, je suis parti pour de beaux rêves et ne dois découvrir le larcin que demain.

— Valable, admets-je. Eh bien ! allons-y !

***

Retour à la case départ.

Des heures se sont écoulées depuis notre première venue et l'ambiance n'a pas changé. La même faune qui copule dans l'ombre. Les serveurs pédoques avec leurs sous-vêtements de femme. La musique fissureuse de tympans (voire de cerveaux). Nous décidons de nous partager le boulot, Chilou et moi. Il commence par l'entrée, moi par le fond.

Lorsqu'on se retrouve, vers le milieu de cette ménagerie, nous sommes bredouilles : pas plus de Fan Dé Chi Choun que d'expressions argotiques dans une ode de Paul Claudel au Maréchal Pétain.

Le Vioque est désemparé. La disparition de sa petite bandeuse ruine son allégresse retrouvée.

— Et maintenant, que vais-je faire ? me demande-t-il.

Je me retiens de lui répondre qu'il peut le chanter, comme l'a fait Bécaud.

— Si vous ne la retrouvez pas, vous chercherez une autre camarade d'ébats, philosophé-je. Ce qui importe, c'est d'avoir réintégré votre virilité. Vos prouesses récentes sont le gage d'une totale résurrection.

— A la poudre de cantharide, soupire-t-il, amer.

— Et alors ? Dédaigne-t-on une voiture parce qu'on met de l'essence dedans pour la faire avancer ?

Voilà, j'ai trouvé le bon argument.

— Diable d'optimiste ! s'écrie-t-il. Buvons donc une vodka glacée pour nous stimuler.

J'évite de lui objecter qu'à pareille heure et après notre voyage, rien ne serait plus stimulant pour moi que mon lit.

Nous attaquons la troisième Moskowskaya lorsqu'un important personnage s'insinue jusqu'à nous à travers la foule du bar. Il ressemble à Charles Bronson sans le côté shar-pei vérolé. Moustache en virgules de chiottes, paupières gonflées au gaz de ville et l'air faussement terrible d'un mou qui joue au dur devant sa glace.

Ayant travaillé des coudes, il dépose ceux-ci sur l'acajou du rade.

— *Tsing kouan wong !* lance-t-il à l'un des barmen.

Qu'illico, ce dernier verse une énorme rasade de gin dans une chope qu'il finit d'emplir avec de la bière.

M'est avis que si je m'enfilais deux trucs commak à la suite, je rentrerais en marchant sur les genoux et en utilisant ma queue en guise de canne.

Le mec s'enfonce les deux tiers du breuvage, puis rote langoureusement. Ils mettent de la volupté partout, ces Asiatiques.

Soudain, j'éprouve une piqûre à la cuisse droite, comme si un insecte me dardait. Je vais pour le chasser quand le faux Bronson fait avec brusquerie :

— Non !

— Pardon ?

— C'est moi qui vous pique, dit-il, ne bougez surtout pas. J'utilise une minuscule seringue contenant une décoction de curare. Il suffirait que j'enfonce du pouce le petit piston pour que vous vous écrouliez raide mort devant ce bar : crise cardiaque.

— Intéressant ! fais-je. Ça correspond à quoi, très exactement ?

— Je vais vous expliquer.

— J'aimerais bien, mais est-il indispensable que je garde cette foutue aiguille dans ma chair pour discuter ?

— Tout à fait.

— Eh bien, faites donc.

— Que dites-vous ? murmure le Vieux.

— Je soliloque, Achille.

— Il y a un adolescent qui me cherche, avoue-t-il ; je ne pense pas donner suite après les prouesses que je viens d'accomplir.

— Pouvez-vous vous écarter de moi légèrement, ami très cher ?

— Je vous gêne ?

— Un peu.

Il se distancie de vingt centimètres, ce qui est malaisé dans cette foule. Aussitôt, j'exécute un bond de côté, ce qui déplante la seringue ; synchroniquement, je chope le poignet de mon agresseur. Etreinte d'acier. Je tords. Il geint. Je volte. Cramponne la seringue qu'inventa le bon Savoyard Pravaz. La lui flèche à mon tour dans le prosibe. Tout cela en moins de trois secondes et dans l'indifférence générale.

— Reprenons, murmuré-je à l'oreille du Bronson thaï. Surtout ne bougez pas, car moi je n'ai guère l'habitude de cette arme subtile et un faux mouvement est vite fait.

— Vous avez tort, dit-il d'une voix blanche.

— Pensez-vous, j'applique la règle d'un jeu que vous avez vous-même inventé. Qui êtes-vous ?

— Il y a plusieurs hommes à moi dans cette salle, il avertit au lieu de décliner son identité.

— Croyez-vous qu'ils peuvent empêcher mon pouce d'exercer une pression de quatre millimètres ?

— Je dis un mot et vous prenez une lame de dix-huit centimètres dans le cœur.

— Seulement vous serez mort avant, mon vieux, si votre seringue contient ce que vous dites. Je trouve ces simagrées ridicules, et même de mauvais goût. Moi, quand j'ai quelque chose à dire, je le dis, quelque chose à demander, je le demande ; et si l'on ne me répond pas, j'insiste, à ma façon qui est brutale mais directe.

L'autre, que je croyais attentif, pousse un cri de cormoran auquel on a bouché le trou du cul avec de la cire à cacheter.

Lico, je dérouille un choc dans les endosses.

Mon souffle se bloque, je titube du cervelet. S'agit-il du coup de surin annoncé par le prophète ?

Ne sais. Ça se brouille. Faiblesse des cannes. Ployez genoux, résonnez musettes ! A dame ! Des pieds, des pantalons, des mégots !

Ma respiration se rétablit-elle ?

Que tchi !

Ça se coince dans toute ma partie supérieure.

On est peu de chose.

SORTEZ VOS MOUCHOIRS

Comme il avait mentionné un poignard pour m'impressionner, le Bronson du pauvre, j'ai pensé que je venais d'effacer un méchant coup de saccagne ; en réalité, il s'agissait d'une tout autre arme. Les passionnés du B.H.V. connaissent cet instrument fort simple servant à enfoncer des clous dans le marbre ou le béton. Il ressemble à une espèce de pompe à vélo. On place le tube autour du clou et on pistonne à petits coups répétés. La force d'inertie fait que la plus dure des parois devient beurre.

C'est avec un truc comme ça qu'il m'a détérioré le tempérament, l'acolyte du Magot. M'a appuyé l'orifice de l'engin entre les côtelettes et s'est mis à pomper à toute vibure. Ça m'a fait comme si je morflais un épieu dans la viandasse. Mon seul souci : retrouver suffisamment d'oxygène comestible pour poursuivre mon destin. Des chiées de gens, chaque morninge, se demandent s'ils vont trouver de quoi bouffer. Et puis d'autres, plus mal nantis encore, s'acharnent à trouver de quoi gonfler leurs poumons ; la vie est difficile.

Ce qui venait de se passer, je te le détaille, pas que tu meures idiot. C'était cacateux express ! Quand j'ai perdu connaissance, on m'a glissé deux paquets de blanche dans les fouillasses. La police a établi que j'en avais cent vingt grammes à l'intérieur de mes harnais. Or, dans un pays comme la Thaïlande, le trafic de la drogue est puni de mort. Voilà un patelin pourri à l'os, où se commettent les pires dépravations, mais qui joue la grosse rigueur répressive concernant une chose qui se répand hélas de plus en plus et que tu trouves en vente libre dans les grandes surfaces (ou à leurs alentours).

Autre chose, du temps que j'aborde la question : la seringue ne contenait pas du curare, mais de la morphine.

Les perdreaux thaïs l'ont récupérée et leur laboratoire a trouvé mes empreintes dessus puisque je l'avais prise au Bronson. Sous toutes les latitudes, et sous toutes les longitudes, ces genres de détails s'appellent des preuves. J'ai été bon pour la marmite, directeur, pas directeur des polices parisiennes... Les titres, les grades, les pedigrees dorés à la feuille, ce qu'ils s'en tamponnent, les Niacs ! Vertigineux ! Chez eux, y a qu'eux ! Les incidents diplomatiques les font marrer comme tu peux pas savoir.

A signaler que le Dabe n'a pas été inquiété dix secondes. Lorsque l'accroc s'est produit, il était occupé à charger une nouvelle entraîneuse du *Gai Paris ;* pas une Jaune, une grise (sang mêlé avec prépondérance africaine) qui, devais-je apprendre par la suite, lui procurait un effet irrésistible, au ressuscité de la membrane médiane.

Et donc, en trois temps deux mouvements (à moins que ce ne soit l'inverse), j'ai subi cette cruelle agression à la pompe à clous, dont je conserverai toujours des séquelles, d'après ce que m'a avoué le professeur Durdeloigne que j'ai consulté plus tard à Paris. La police m'a fouillé, m'a trouvé porteur de came et m'a embastillé. Tout ça parce qu'une petite friponne d'opticienne faisait sa vitrine sans porter de culotte, si tu y réfléchis !

J'ai toujours été frappé par les perfidies du destin. Il semble se présenter à la bonne franquette, sans intentions tordues, et puis il se met à déconner en douce, et très vite tu mesures le rôle essentiel qu'il joue dans nos existences cahotantes.

Au début, le choc cruel qui m'a été porté dans le dos

retire de la sagacité à mes réflexions car la douleur altère les fonctions cérébrales ; n'empêche que la gravité de mon sort m'apparaît dans toute son horreur. J'ai vu des reportages sur les geôles thaïes et sur les exécutions qui s'y perpètrent. Certes, le président de la République française interviendra en ma faveur, mais tout cela va prendre du temps, et il suffit d'une tension diplomatique entre mon pays et celui-ci pour que les dirigeants de ce dernier s'amusent à « faire un exemple ».

L'on m'a jeté dans un fondement de basse-fosse horrible et pestilentiel, en compagnie d'hommes sortis d'une cour des miracles moyenâgeuse. Tu y trouves même un borgne, un unijambiste, deux scrofuleux et un malheureux gars qui charrie un mètre cinquante d'hémorroïdes incontrôlables en guise de robe à traîne.

Je ne te mentionne l'odeur que pour mémoire, faire mon travail de romancier scrupuleux. Elle est dantesque : merde et pourriture confondues, urine et sanie, crasse et pets accumulés ! Je découvre des gueules d'ombre dévorées par la barbe, des yeux brillants de folie. Les tableaux de Jérôme Bosch ? D'aimables Corot, en comparaison !

J'adresse un salut de la main à cette pitoyable coterie et cherche cinquante centimètres carrés de sol dégagé pour m'y asseoir en tailleur. Dur à trouver. Mes compagnons de cellule — j'en dénombre une dizaine —, occupent tout l'espace. Le garçon qui perd ses légumes consent spontanément à me faire un peu de place. Je lui souris. Ça le rend joyce. Il voudrait me parler, mais il ne jacte qu'un langage incourant. S'il ne disposait que de ce bagage pour placer des aspirateurs dans le seizième, il ne boufferait pas chez *Lasserre* tous les jours !

Acagnardé dos à des barreaux rouillés, je gamberge. Pourquoi m'a-t-on feinté de la sorte ? Dans quel but ?

J'essaie de peigner un peu cet écheveau. Le conseil d'Achille était *very good*, qui nous posait en payeurs de primes. Dare-dare la chose a rendu avec l'intervention de l'élégant Chinois vêtu de blanc qui ne souhaitait qu'affurer de la braise. Savoir si sa collaboration aurait été juteuse est une autre histoire. Ce qui me sidère, c'est ce piège tendu par le Bronson des chaumières. Là, il n'était question que de me faire tomber. Dans quel but ? En quoi mon arrestation peut-elle servir les intérêts de ces gens ? La seule explication que j'entrevois, c'est celle-ci : le gars Bronson bis est bel et bien mouillé dans l'enlèvement de Rosy et de son pote l'éditeur. Apprenant que des mecs se pointent, non pas pour retrouver le couple vivant, mais pour obtenir la preuve de sa mort, il décide de me neutraliser « légalement », si j'ose dire, en me faisant arrêter, puis condamner à mort.

L'homme aux hémorroïdes en traîne de majesté me touche le genou et imite l'action de fumer une sèche. Il veut du perlot. Moi, excepté un Davidoff (priez pour lui), de temps à autre, l'herbe à Nicot, c'est pas mon fief. Je palpe mes vagues en haussant les épaules pour lui signifier que je n'en possède pas. Ce mouvement me permet de sentir un cylindre dur dans un revers de mon veston. L'objet a échappé à la fouille.

Je me remémore ce dont il s'agit : une invention du Rouquin dont je me suis muni avant de partir. Cela se présente sous la forme d'un stylo chromé. En réalité, il ne sert pas à écrire, mais à éclairer. A la place de la plume se trouve un minuscule projecteur dont le diamètre est à peu près celui d'une pièce de cinquante centimes, alimenté par une batterie spéciale dont l'intensité est si forte que son action équivaut à celle d'un rayon laser. Le Rouque et son assistante-maîtresse-nièce ont travaillé deux mois sur cette invention dont j'ai la primeur. Tu flanques le faisceau de la lampe-stylo dans les mirettes d'un gnace et, instantanément, il perd le contrôle avec la réalité ; c'est un méga-chose-visar équivalent à seize mille ampères-chroumff, c'est te dire ! Je l'ai essayé sur Bérurier qui, instantanément est devenu doux comme un agnelet et soumis à t'en essuyer le trou de balle avec la langue ce qui, même chez un vieux dégueulasse de son style, n'est pas courant.

Patiemment, j'incise la couture de mon revers afin de récupérer l'objet.

A peine l'ai-je en pogne qu'un gardien dont la surveillance m'échappait intervient à grands cris (d'autant plus intenses qu'ils sont proférés en thaï) comme quoi ! « Où avez-vous pris ça ? Qu'est-ce que c'est ? Remettez-moi immédiatement cet objet ! », etc. Invente la suite, je te rembourserai !

Feinte docilité, je tends la main entre les barreaux, puis déclenche l'objet. L'homme a un sursaut, tente de détourner la tête, mais zob, il est trop instantanément fasciné pour.

— *Open the door, milord !* je l'enjoins.

Il obéit. Je sors, fais signe aux copains de me filer le dur, ce dont ils s'empressent de. Ne lâche pas le garde pour autant. Lui intime de déponner les autres cages à mecs. Ses copains se radinent pour interposer. Ils ont droit à ma loupiote. Du coup joignent leurs empressements à celui de ma première victime. Bientôt tous les détenus sont dans le couloir. Je m'avance à leur tête vers la sortie. Les portiers prennent également le rayon de soumission dans les prunelles. Un velours ! J'ai l'impression de déambuler dans un rêve, là que ta volonté est souveraine et ne rencontre pas l'ombre d'une opposance.

Tu ne crois pas que c'est un génie, Mathias ? Qu'il mériterait deux ou trois prix Nobel enveloppés dans du papier-cadeau ? Quand tu penses que ce con de Nobel n'a inventé que la dynamite ! Tu parles d'une prime à l'humanité.

Tu verrais une horde de prisonniers en haillons, croûteux, merdeux, pouilleux, scrofuleux se répandre dans les rues surpopulées de Bangkok, ça te ferait des picotements dans le fion, sous les testicules et dans la périphérie cardio-vasculaire. C'est une ville rêvée pour jouer la belle. Y a tant et tant de trèpe, la population est si bigarrée, si minable à grosse majorité, que les malfrats en rupture de taule se perdent corps et biens dans cette foule, s'y incorporent spontanément, s'y diluent comme sucre en tisane.

Moi, pas encore meurtri par mon incarcération, compte tenu de sa brièveté, je me mets à la recherche d'un taxi. Ici, c'est pas ce qui manque.

Au « pseudo » greffe de la prison, ils m'ont engourdi ma fraîche avec empressement, ce qui explique leur fouille négligée. Dieu merci, par crainte des pick-pockets, j'ai laissé mon passeport à l'hôtel. Je suis sans un radis, mais le *driver* sera ciglé à l'arrivée.

La vie retrouve un aspect avenant. Il ne s'agissait que d'un nuage.

*
**

Chambre du Vieux. Je tends l'oreille. Rien. Je toque-toque. Perçois un froissement, un gémissement langoureux de femme importunée.

Elle vient m'ouvrir. Nue, superbe, éclatante. Cette nana se présente au concours de Miss Univers, les autres postulantes déclarent illico forfait et vont s'agenouiller devant leur bidet pour l'emplir de leurs larmes.

Je dresse à toute vibure la check-list de ses charmes : plus beaux yeux du monde, plus beaux seins du monde, plus beau cul du monde, plus belle chatte du monde, ça, pour les premiers points incontestables. Pour le reste, ça devrait suivre dans la catégorie « premiers ex aequo » : la bouche, le ventre, les genoux. A redire ? Si l'on est vétilleux, juste le nez un tout petit peu marqué par son hérédité négroïde. Sinon : *the* merveille, *the marvel !*

Ma stupeur lui est familière. Elle a l'habitude de provoquer des raz-de-marée dans les slips, cette sublime, des typhons dans les prunelles.

— C'est à quel sujet ? elle s'informe dans un anglais qui ne lui permettrait pas de passer une thèse en Angleterre sur la prophylaxie de la peste bubonique pendant le règne d'Elisabeth Première.

— Je suis l'ami de monsieur ! assuré-je en pénétrant

dans la pièce au pas de l'oie (car elle me fait un effet terrible autant que spontané).

Je referme la lourde.

La chambre ombreuse sent bon l'amour.

Pépère est crucifié par la jouissance. Un beau panais d'aristocrate frivole pend, sans conviction, sur sa cuisse, en position de repos provisoire. Je ne le croyais pas si bien membré, Chilou. Il surprend son monde.

— *Good?* fais-je à sa rupine compagne de lit.

— *Very, very, very good!* assure-t-elle avec sincérité.

M'est avis que la potion continue de faire son œuvre et qu'il a retrouvé ses casanoveries d'autrefois, le Fringant.

La Surmerveille ajoute, comme si cela constituait une explication :

— Il est français.

— *I am french too,* m'empressé-je, vu que mon tricotin prend l'impétuosité d'un pic pneumatique attaquant le Mur de Berlin de fâcheuse mémoire.

Mais dans l'existence, sache-le bien une fois pour toutes, ô mon fils aimé, quand les hommes perdent la tête, tu dois trouver un coin sombre, te mettre le nez dans le cul et attendre qu'ils la retrouvent. Le Mur de Berlin fut bâti. Puis il fut démoli. Avant cette dernière opération, il y avait des cons d'un côté et de l'autre ; maintenant ils sont ensemble. Et l'Histoire continue, Staline redevient un grand chef d'Etat, Ceaucescu un très brave homme, Henri IV un parpaillot qui puait l'ail. Tout est bien à bord de la roue du temps ! Dormez, bonnes gens ! Dormez sur vos deux oreilles !

C'est elle qui, d'entrée de chambre, annonce la couleur. Le premier pas, elle l'a déjà fait puisqu'elle est à loilpé ; le second vient illico en ce qu'elle me saisit délicatement la bitoune. Elle croyait que pouce et index en cercle lui permettraient d'en mesurer l'encolure. Elle est détrompée (et bientôt détrempée) et doit faire appel à toute sa main pour saisir la truite de Schubert.

— Vous n'êtes pas habituée à ces gabarits dans cette

Asie à petites queues ? lui fais-je. Certes, les Jaunes sont intelligents, mais une femme préfère-t-elle un intelligent peu membré à un imbécile surmembré ?

Pour toute réponse, elle dégrafe mon bénoche. Tiens, y a longtemps que je ne me suis pas fait dessabouler par une dame. D'ici qu'elle me brique le gland au lavabo pour s'assurer de sa comestibilité... Elles procédaient ainsi, les gentes putes du temps jadis. Des petites mamans, dans leur genre. Te mignardaient un ratatou appétissant.

Quand je suis en tenue d'Adam, la belle Eve vient se mettre à quatre pattes devant moi pour solliciter une levrette de ma haute bienveillance.

Je promène mes deux mains sur ses hémisphères. De la soie ! Du velours de soie ! De la peau de pêche ! C'est doux et tiède. Et cette couleur sombre. Tu vois la peau de Michael Jackson ? Cette peau éclaircie, abrasée, dépigmentée, polie, lustrée, rendue incolore pratiquement. Eh bien ça, mais en naturel. Ça, accordé par le Créateur. Ça, lumineux de l'intérieur, dirait-on.

Je ne me lasse pas de la caresser, de couler une main par en dessous pour flatter les babines humides. De zigzouner des premières phalanges afin de chambrer l'ergot centrique. Elle en roucoule tourterelle, la Fabuleuse.

Ce qui suit est beau comme du clavecin dans la Chapelle Sixtine. Tu me verrais dans l'allegro con fourré, t'en baverais des lunettes de gogues.

Nos harderies ardentes réveillent le Dabe. Nous apercevant en train de nous accomplir sur la belle moquette, il sourit béat.

— Ah ! vous êtes rentré, Antoine ?

— Dans tous les sens du terme, Achille.

— Cette petite est une féerie, vous ne trouvez pas ?

— Absolue.

— Ne pensez-vous pas que NOUS devrions l'épouser ?

— Comment interprétez-vous ce pluriel, boss ?

— J'entends par là, l'un de nous deux.

— Vous avez droit à la priorité, Achille.

— Pas nécessairement, l'âge serait plutôt un handicap en la matière. A vous l'honneur, mon petit vieux. Je serais votre témoin.

— J'en suis flatté, mais mon célibat enraciné est devenu un apostolat. Est-il bien nécessaire de convoler avec cette beauté pour s'assurer la jouissance de ses charmes ?

— A propos de jouissance, elle est en train de prendre son pied, Antoine, vous devriez procéder au piqué final.

— Tout de suite, mon cher.

Je me déchaîne. La môme se met à hurler. Tout son être est violemment agité. Ses seins, pourtant fermes, s'entrechoquent. Son exquis cul n'est plus visible tant il accomplit d'aller-retour en un minimum de temps. La vitesse de l'éclair ! Elle hoquette ses cris, tyrolise ses plaintes. Suberbe randonnée ! Elle se délivre dans un hurlement de louve qui vient de s'arracher des mâchoires d'un piège en se sectionnant la pattoune avec les dents.

Aplatie sur le ventre, on la croirait en agonie amoureuse. Mourante de son sexe trop sollicité.

Pépère descend du lit et s'agenouille auprès d'elle. Il la fait basculer sur le côté face.

— Veuillez me pardonner, fait-il en rouvrant les jambes de « notre » fiancée, je ne saurais résister à la tentation, ma chère.

Il la fornique d'autor, nonobstant les faibles protestances de la donzelle assouvie.

— Je revis, Antoine ! A plein ! Des années que je n'ai connu une telle frénésie sexuelle. J'ai l'impression de ne jamais pouvoir me rassasier, annonce-t-il en la montant pour un trot attelé de remise en condition.

Ils ont un accouplement aimable, genre, M. le marquis avec la gouvernante des enfants. L'étreinte intellectuelle de gens qui viennent d'en déflaquer plein le drap de travail et qui s'autorisent un petit coup de bite mondain afin de parachever, de se prouver qu'ils peuvent sacrifier au plaisir sans toujours se comporter comme des gorets en rut.

— Il va falloir aller retirer de l'argent pour l'homme qui m'a promis des renseignements, fais-je.

— Sitôt que j'aurai terminé madame, Antoine. D'ailleurs j'ai l'impression qu'elle chauffe et que ma nouvelle pénétration dégénère en douleurs.

Là-dessus, il pose franchement la question de confiance à notre partenaire qui avoue avoir besoin d'une trêve de refroidissement.

Nous la lui accordons volontiers et la recouchons avec le zèle éclairé de deux amants galants (puisque français) soucieux de ménager leur monture.

⁂

Pas besoin d'être le célèbre San-Antonio pour s'apercevoir que nous sommes suivis. Tout flic authentique a le sens de « l'ange gardien ». Le fait de se déplacer au cœur d'une circulation échevelée ne fait que renforcer ce « flair » puisqu'elle oblige le suiveur à se tenir proche du suivi.

Chilou se rend à la Barclays Asiatic Bank. Il est dans une lumière bleue, le bougre. Je lui ai narré mes récentes mésaventures, mais c'est à peine s'il m'a écouté. Il vit de tout son être sa résurrection amoureuse.

Le voilà à nouveau sur la route des conquêtes et des tringlées à grand spectacle. Il ne croyait pratiquement plus à son passé, et il lui débarque un avenir doré.

Coincé dans l'angle de la voiture, j'observe le flot qui nous suit. Des vélos-taxis qu'actionnent des guenilleux dressés sur les pédales, des pousse-pousse, des camions, des voitures, des deux-roues, des autobus impensables.

A travers cette horde féroce, klaxonnante et tintinnabulante, j'avise une Porsche noire. Me voilà informé : nous sommes filés par le beau Chinois de blanc vêtu. Celui pour lequel Chilou va justement quérir de la fraîche. Le gars entend s'assurer que nous observons bien les clauses du marché.

Brusquement, alors que la circulation atteint la saturation immobilisatrice, je saute de l'auto et fonce en courant jusqu'à la Porsche. Le « beau Chinois » est accompagné d'un de ses escogriffes. J'ouvre la portière de celui-ci, l'empoigne par les revers de son veston, l'arrache du véhicule et lui balance un coup de boule dans le pif qui, déjà, ressemble à une omelette de six œufs.

— Excuse, lui dis-je : y a que deux places !

Et je m'installe dans la bagnole d'où je l'ai retiré avec si peu de ménagements.

Le conducteur caresse le nœud de sa cravate immaculée et me sourit.

— Vous avez une curieuse façon de faire de l'auto-stop !

— Brutale, mais efficace, réponds-je. Ce sont les résultats qui importent. Nous allons chercher « vos » dollars.

— Je l'espère bien.

— Pourquoi nous suivez-vous, vous n'avez pas confiance ?

— En Thaïlande, ce mot-là n'existe pas.

— Merci de me prévenir. Souffrez, dès lors, que nous prenions nos précautions.

— C'est-à-dire ?

— En sortant de la banque, nous vous remettrons la moitié, non pas de la somme, mais des billets, comme cela se faisait dans les bons westerns américains d'autrefois. Le reste demeurera dans un coffre jusqu'à ce que vous nous ayez donné satisfaction.

— Et si je refuse ?

— Si vous êtes sincère, pourquoi refuseriez-vous ?

Le flot se remet à circuler. Chose cocasse, le gros Asiate que j'ai malmené marche derrière la Porsche pour ne pas nous perdre.

— Vous avez un nom ? demandé-je.

— Mon nom est Shû.

— Facile à retenir. Vous ne m'avez pas répondu : on fonctionne comme ça ou chacun de nous retourne chez sa mère ?

— On marche comme ça.

— O.K. ! Il ne faut jamais compliquer les choses quand on peut s'y prendre autrement. Si ce n'est pas indiscret, vous savez où se trouve le couple disparu ?

— Oui, je le sais.

— Il est vivant ou mort ?

La réponse tombe comme un couperet, écriraient des confrères adeptes du cliché et du lieu commun :

— Mort !

J'éprouve un désagréable picotement au sternum. Une tristesse imprécise. Je repense à la gentille Annie Versère qui montrait sa chatte dans sa vitrine. Quelle sera sa peine en apprenant la chose !

— Loin d'ici ?

— Au bord d'une rizière, sur la route de Rayong.

Je me retiens de lui demander si c'est lui qui les a mis à mort. Tout compte fait, je m'en abstiens.

Ça risquerait de le vexer.

A CORPS PERDUS

Etrange instant que celui de cette exhumation. M. Shû et ses deux poussahs assistent à la funèbre opération d'un air détaché. Le beau Chinois blanc polit ses ongles avec une minuscule brosse de peau. Il est assis en biais sur le siège passager de sa Porsche dont la portière est ouverte. Deux coolies manient la pioche et la pelle avec ardeur. Un grand silence aquatique que trouble seul le bruit de leurs instruments enveloppe la nature éteinte. Au ras des rizières, une brume paresseuse qui ne se lèvera que lorsque le soleil reviendra de l'horizon où il est allé vadrouiller la nuit dernière.

A quelque distance, un boqueteau de palmiers dans lesquels se poursuivent silencieusement des singes farceurs.

Le temps passe. Je regrette d'avoir laissé Chilou à l'hôtel avec « notre » égérie. Pas que je sois jalmince, mais je me sens un peu seulâbre avec ces drôles de gens. Me dis qu'au lieu de déterrer, c'est peut-être « ma fosse à moi » qu'ils creusent. En compagnie de tels forbans, tu ne peux former que des pensées pessimardes.

Les terrassiers (recrutés Dieu sait où !) ralentissent leur boulot. L'un d'eux se penche dans le trou. J'ignore ce qu'il manigance ; je devrais m'approcher, mais ces travaux ne m'inspirent pas, après mon café-crème-croissants-chauds du morninge.

Quelle bizarre enquête dans ce pays où le sens des valeurs a disparu, où la vie humaine ne signifie rien, où le crime fait partie de l'existence, où la prostitution s'opère à tous les niveaux et constitue une espèce d'industrie agréée par les pouvoirs publics.

Les coolies lancent un appel qui fait songer à quelque cri d'oiseau exotique. Ici, on suit la voie hiérarchique, ce sont les gorilles de M. Shû qui s'approchent, regardent, se tournent en direction de leur maître et lui font signe. Le blanc gandin remise son polissoir à ongles et va rejoindre le groupe. Il est debout devant la fosse, superbe. Etrange et belle silhouette, mystérieuse. Figure de romans d'action !

Il dit des choses brèves ponctuées de gestes qui le sont davantage. Ensuite, il m'apostrophe :

— Si vous voulez bien venir...

Je viens.

Pas joyce.

Deux corps terreux. Vision insoutenable d'un enfer de guerre. Un homme, une femme qui furent roués de coups. Visages tuméfiés. Il y a un trou à la place d'un des yeux de l'homme. Les bouches des suppliciés, ouvertes et emplies de glaise paraissent tenter un ultime appel.

Allons, du cran, mon Sana, tu n'es ni une femmelette, ni une souris !

Je m'agenouille au bord de la fosse, mets mon Minox en batterie et commence à flasher les deux morts.

Les assistants s'écartent des cadavres afin de me les laisser mitrailler à ma guise. Note que, mitraillés, ils le furent déjà, les pauvres. Une balle a fait éclater la calotte de la pauvre Rosy, tandis que Trembleur, son jules, s'est morflé deux bastos en pleine bouille : l'une sous le nez, l'autre dans l'œil gauche.

Ce qu'il y a d'hallucinant dans ce spectacle, c'est que seules les têtes sortent du sol.

— Peut-on dégager l'une de mains à chacun d'eux ? demandé-je à Shû.

Il traduit. Les coolies s'activent et exhument rapidement une paluche de la femme puis une de l'homme. Alors je saute dans la fosse pour la vérification ultime.

Après avoir nettoyé la pauvre main féminine à l'aide de mon mouchoir, je pose ses doigts à l'intérieur d'une boîte encreuse pour, après, les appliquer sur des feuilles de bristol. Je réédite l'opération sur son compagnon d'infortune. Les autres me regardent agir avec une inhumaine indifférence. Quand j'ai achevé ma triste besogne, Shû me tend la main pour m'aider à sortir du trou.

— Que fait-on des corps ? me demande-t-il.

— Pour l'instant on les laisse sur place, tranché-je.

Lui, il s'en fout.

Avant que je ne remonte dans son bolide, il me sort une brosse à habits de sa boîte à *gloves* pour m'inviter à nettoyer la terre qui macule mes vêtements ; je suppose qu'il entend ménager ses coussins.

— Vous savez pourquoi on les a assassinés ? je murmure au bout d'un moment.

— Aucune idée.

— Mais vous savez qui les a tués ?

— Ce n'est pas mon affaire.

— Comment avez-vous appris que leurs corps se trouvaient près de cette rizière ?

Il a une mimique impatientée.

— Ça, c'est mon affaire ! répond-il durement. J'ai rempli mon engagement, non ?

— Tout à fait.

— Donc, on va chercher l'autre moitié des dollars ?

— Evidemment.

Il branche la radio. Une musique nasillarde retentit, qui me râpe les nerfs.

*
**

Il est sur la terrasse de son apparte, Chilou, à faire dorer sa calvitie en savourant une vodka-fraise. Recette : tu mets une rasade de sirop de fraise dans un verre, t'ajoutes un peu de jus de citron, deux glaçons, et tu remplis de vodka jusqu'à ce que les glaçons dépassent du verre. Notre déesse est nue, à ses pieds, sur une natte.

Parfois, Achille lui dit :

— Encore !

Alors elle se lève, vient acalifourchonner son seigneur et maître à la hauteur de son visage pour qu'il lui fasse minette tandis qu'elle s'interprète simultanément un délicat vibrato. Quand elle est arrivée à bon port, elle désenfourche le « bain de soleil » de Chilou et le Tondu se cogne une lampée de vokda-fraise pour faire passer le goût de sa chatte. La vie bien comprise. Un jour, j'écrirai un *book* ainsi intitulé : « La Vie bien comprise ». Dedans y aura tout ce que j'ai retenu de l'existence : la saloperie des autres, leur perfidie, leur mesquinerie, avidité, jalousie, orgueil. Qu'ils sont juste bons à sodomiser, ou à te pomper le nœud parce qu'ils ne deviennent vraiment eux-mêmes que lorsque le désir les mène. Je raconterai bien tout avant de canner, de tirer révérence. Tout, telles que je les ai vues aux prises, ces saletés vivantes. Je dirai aussi leur inconscience, la manière qu'ils passent leur vie à ignorer qu'ils vont crever, et combien, cependant, c'est facile de claquer ! Combien chaque seconde qu'on passe sur cette terre tient du prodige, du miracle. Mais eux, les fanfarons à cocardes, ils roulent des mécaniques. « La Vie bien comprise » ! C'est noté ! Je le commettrai ce bouquin en forme de bras d'honneur.

D'autres, pas beaucoup, en ont écrits avant moi, mais y en aura jamais assez ! Et ils serviront jamais à rien, juste à s'épancher la bile ! A laisser peut-être aussi, la trace d'un mécontentement d'homme parmi les pourceaux en folie.

Donc, Achille en grande félicité à l'orée de son vieil âge, déguste le plaisir par tous ses pores : soleil, sexe, alcool, vanité de mâle. Une forme de bonheur terrestre il ressent. Dans les béatitudes, il vagabonde, corps et esprit.

— Je ferai grande provision de ce produit aphrodisiaque avant de repartir, m'assure-t-il. Et quand mon stock sera épuisé, je reviendrai en chercher.

L'enquête est passée loin au-dessus de sa tête de nœud, Chilou. Il ne pense même pas à me demander des nouvelles de l'exhumation.

Il murmure :

— Peut-être devrais-je songer à m'installer en Thaïlande, carrément. Les filles y sont si fabuleuses. Je croyais la première irremplaçable et cette nouvelle la vaut dix fois ! Je sais bien que si nous l'emmenons avec nous, voire, si NOUS l'épousons, un jour prochain le bel oiseau s'envolera pour s'aller percher sur d'autres queues ! Oui, le plus sage est de demeurer. J'arrangerai mon séjour avec les autorités. Et puis je louerai une suite à l'année dans ce royal hôtel. On m'y fera des prix. Et quand on ne m'en ferait pas, au diable l'avarice, Antoine ! Qu'en dites-vous ?

Je me sers une vodka-Coca bourrée de glaçons gros comme la banquise qui a expédié le *Titanic* par le fond.

— Sur le plan de la sexualité, vous y trouverez certes votre compte, Achille, mais songez à l'aspect intellectuel ! Ce sera le désert !

— Intellectualisme mon cul, San-Antonio ! J'en ai ma claque de penser noble. Je veux retourner à l'état sauvage, redevenir rugueux, et puis mal équarri, arboricole s'il le faut, chasser la femelle de branche en branche ! Manger avec les doigts, boire ma vodka à la bouteille, péter fort quand le vent se lève en moi, déféquer dans les halliers, perdre ma langue au profit de l'onomatopée...

— Tout cela au *Mandarin Oriental ?* souris-je.

Il rit à son tour.

— Allons, boss. Vous êtes le dernier gentleman de Paris, vous n'allez pas devenir un Tarzan petzouille ! Du cul, il y en a sur toute la planète et aux Champs-Elysées davantage qu'ailleurs.

Là, il se marre. Me tend la main, me malaxe les salsifis avec tendresse.

Puis le sens des réalités lui revient :

— Et alors, l'expédition de ce matin ?

Ouf ! Ça tardait !

— On a déterré un couple qui fut torturé avant d'être abattu, car dans votre paradis thaï, on ne pratique pas que l'amour.

— Et ce sont bien les amants que nous recherchions ?

— Non.

Là, il se désallonge pour s'asseoir en biais sur son bain de soleil.

— Voyez-vous, boss, soupiré-je, j'ai une épouvante dans les tripes. Je crains fort que notre astuce (j'ai la charité de ne pas dire « votre » astuce) n'ait causé l'assassinat de deux personnes. Ces gens cupides, sachant que nous étions prêts à payer une forte prime contre la preuve de ces morts et n'ayant pas ceux que nous cherchions sous la main, n'ont pas hésité à en « fabriquer » deux autres.

— Vous en êtes certain ? balbutie le Bandeur bandant d'une voix blême.

— J'ai approché et touché les cadavres : il était clair que leur mort remontait tout juste à vingt-quatre heures. Mieux ! la preuve absolue : j'ai prélevé leurs empreintes, et celles-ci ne correspondent pas à celles de Mlle Déprez, ni de M. Trembleur dont j'avais eu soin de me munir au Service des Cartes d'identité de la préfecture de la Seine.

— Vous avez démontré sa terrible entourloupe au bandit, au lieu de lui verser l'autre moitié de sa « prime » ?

— C'eût été la dernière chose à faire, car il y allait de notre salut. Au contraire, je lui ai remis ce qu'il attendait et nous nous sommes séparés « bons amis » (bonzes amis), du moins je l'espère.

Il est accablé pour de bon, le Dabe. Au point que sa vieille bite lui semble brusquement dérisoire !

— Que faire, Antoine ? Admettre notre impuissance ?

— Jamais, Achille !

— Bravo !

— Je vais tout reprendre de zéro, n'importe les conséquences.

— Vous avez raison !

De longues embarcations étroites, dont l'hélice minuscule se trouve à l'extrémité d'un arbre de transmission de plus de deux mètres, passent en pétaradant sur le fleuve, pilotées par des indigènes en loques. Certaines transportent des voyageurs et d'autres des marchandises à l'arrimage précaire. C'est coloré, pittoresque. Notre palace est une espèce d'île luxueuse dans un océan de misère. Le tohu-bohu de la circulation insensée monte à notre terrasse (les appartements, eux, sont insonorisés).

Je pense aux deux cadavres près des rizières. Sommes-nous responsables de ces morts ?

Je décroche le bigophone pour demander qu'on m'affrète une voiture de maître à la journée.

— Je vais avec vous, décide le Dabuche.

— Surtout pas, Achille. Vous devez occuper le P.C. pour veiller au grain ; si j'ai besoin d'aide, je saurai où en trouver !

On l'a toujours avec de jolies formules, ce gland ! Tu balances de l'air dans sa baudruche avec cette pompe à pied qu'est la vanité, et il se met à rupiner. Faut pas craindre : il est conçu pour la dilatation, ce kroum.

— Vous serez de retour pour le déjeuner, Antoine ?

— Bien sûr, réponds-je.

Mais j'aurais dû tourner sept fois ma langue dans la chatte de notre charmante invitée, avant de répondre.

Dans le genre de galère où je suis embarqué, on propose, mais ne dispose pas.

Tu vas t'en rendre compte avant que le soleil n'aille illuminer notre chère France.

UNE VISITE QUI TOURNE MAL

La Klong Rent-a-Car Agency occupe tout le rez-de-chaussée d'un building quelque peu excentré. Au-delà, il y a le marché flottant, les canaux vaseux, les cahutes de guingois. Ça fouette le poisson tourné, le légumineux sûr, la merde asiate. Des touristes à majorité japonaise mitraillent la région à qui mieux mieux. Ils portent des chapeaux de paille, ou des mouchoirs noués aux quatre coins pour se garantir du mahomed (si je puis appeler ainsi le soleil dans ce pays bouddhiste).

Ma tire, une majuscule Jaguar vert d'eau, conduite par un petit Thaï à poil ras, roule avec lenteur à travers cette carte postale, avant de virer sur un terre-plein bordant l'immeuble.

L'agence de location est vaste, moderne, largement vitrée. Un hall d'accueil réparti en comptoirs est plein d'une fraîcheur suave due aux appareils d'air conditionné. Une douce musique indigène crée l'ambiance exotique dont rêvait le touriste dans son appartement de Coventry ou de Chennevières. Des filles en uniforme blanc et jaune, dont la jupe est fendue jusqu'à l'aisselle, s'activent dans cette ambiance artificielle, des sourires incarnats accrochés à leurs lèvres, dirait mon pote Aznavour (que tiens, j'ai reçu une carte postale de lui avant de partir ; il était en Thaïlande avec son dernier fils ; ça ne s'invente pas !). On s'empresse pour me satisfaire. Bouches de miel, yeux en pépins de pastèque. Je réclame le chef pour recueillir des renseignements d'ordre privé. Une très belle me conduit dans une pièce aux parois de verre trop dépoli pour être au net. Meubles design. Derrière un grand bureau en forme de haricot se tient une boulotte pas belle, dont la peau est aussi appétissante qu'un dégueulis d'hépatique sur un trottoir, en train de téléphoner en n'utilisant rien que des consonnes et la voyelle « i ». Véhémente, la mère. Ou alors c'est l'intonation propre aux gonzesses d'ici ? En tout cas elle mouline crécelle, et a une allure de toton ronfleur.

J'attends qu'elle ait achevé son turlu et m'approche en amorçant une courbette asiatique de grand style.

— Navré de vous importuner, fais-je en anglais, mais j'ai besoin d'avoir une conversation avec vous, madame.

— Vous pouvez parler français, dit-elle, je suis viêtnamienne.

Son zozotement niac mis à part, elle use de notre belle langue presque aussi bien que le font MM. Marchais et Tapie.

Son amabilité est limitée. Je sens la femme débordée par ses occupations.

Sans tergiverser, je lui résume le topo qui m'amène à Bangkok. Le couple disparu qui a quitté son hôtel à bord d'un véhicule de sa compagnie. Lui fournis la date de ce départ, et même l'heure.

Elle griffonne des notes au crayon sur un bloc, puis fait déplacer son siège roulant jusqu'au clavier d'un ordinateur sur lequel elle tape d'un doigt dexter (1).

Sa manœuvre déclenche des textes sur l'écran de verre. J'aperçois aussi des chiffres. La virtuose continue de tapoter. Au bout d'un moment, elle déclare :

— M. Trembleur et Mme se sont fait conduire à Phuket, hôtel *Tak Heuband.*

Brusquement, j'ai l'impression qu'on vient de brancher la ventilation dans une pièce torride.

— Et ils y sont parvenus à bon port ? demandé-je d'un ton foireux.

(1) De dextérité.

Ma question la choque.

— Certainement, monsieur ; la course a été réglée par carte de l'American Express.

— Pourrais-je m'entretenir avec le conducteur de la voiture qui les a conduits là-bas ?

— S'il est ici, cela ne présente aucune difficulté.

Elle vérifie le nom du mec en question et c'est pile le blase que m'avait annoncé le portier de notre hôtel.

Elle fait :

— Il s'agit de M. Sim. Je m'informe au service du roulement pour demander où il se trouve.

Elle jacte devant un micro et j'entends sa voix réverbérée par un écho, tout près d'ici. Son téléphone intérieur clignote. Elle décroche, écoute.

— M. Sim est allé conduire des clients à l'aéroport, me révèle le pot à tabac ; il devrait être de retour dans une heure environ. Si vous souhaitez l'attendre, nous avons un salon à votre disposition.

Je lui réponds que merci-bien-je-vais-aller-faire-un-tour-au-marché-flottant-pour-passer-le-temps.

A quoi elle répond d'une mimique signifiant quelque chose comme « C'est-ton-problème-mon-gars-chacun-fait-fait-fait-ce-qui-lui-plaît-plaît-plaît ». Et se replonge à corps perdu dans son boulot, ce qui est la meilleure utilisation qu'elle puisse en faire car elle n'est pas laubingue.

Ce marka lacustre, depuis que je suis au monde, j'en vois épisodiquement des images, avec ses barcasses plates collées bord à bord et chargées à couler de denrées. Marchands et marchandes en costume du pays, brouhaha perçant, odeurs d'épices et de nourritures chancelantes, de vase aussi. Cela fait partie des hauts lieux incontournables du tourisme international. Une circulation par voie fluviale continue de s'opérer et les remous des hélices font tanguer les montagnes de victuailles des bateaux-boutiques.

— Promenade, Sir ? me propose un petit freluquet jaune portant un bandeau rouge autour de la tête.

Je lui fais signe que non, mais il insiste :

— Vous me donnerez ce que vous voudrez, et je connais un endroit.

Il cligne de l'œil, brandit un pouce fortement spatulé et ajoute :

— Vous n'avez jamais vu !

Alors je me réflexionne que, tant que d'avoir une heure à flinguer, autant l'employer à découvrir du folklore pas piqué des charançons, non ? Faut s'instruire, dans la vie. Oh ! il va probablement me conduire chez des pétasses malfamantes dont la spécialité est de te passer le Popaul à l'huile d'amande douce pour pas en faire jaillir des étincelles, mais le dépaysement a ses charmes, si les dames en question n'en ont guère.

— O.K. !

Sa barque est amarrée un peu plus loin à un piquet pourri.

J'y prends place en me gaffant de ne pas tomber à l'eau, cette dernière possède une couleur et une odeur qui ne m'emballent pas.

Le navire du freluquet est propulsé par un vieux Johnson de 5 cv qui éternue de l'huile comme un perdu. Malgré tout, nous nous déplaçons rapidement sur ce canal inerte. Le pilote louvoie entre les barques en essaims. Ça me fait penser à la place de l'Etoile à 6 heures du soir. Tu ne mettrais pas la main entre deux bagnoles, et cependant personne ne se heurte.

L'embarcation se dégage du marché et emprunte un canal secondaire bordé de hauts bambous. Où diantre m'emporte-t-il, le gondolier ? Curieusement, je n'ai pas d'appréhension. Je pourrais craindre un braquemard (pardon : un traquenard), mais je suis confiant comme Sainte-Honorine, dirait Rocard, qui a parfois le sens de l'humour très affûté.

Le canot fonce à travers ces bambous-là et son doux sillage s'écrase vite contre les étroites rives du canal.

— C'est encore loin ? lancé-je au zig.

Avec son bandeau rouge, il fait corsaire d'opérette.

— On arrive ! me dit-il en montrant, émergeant des hautes plantes, un toit en pagode.

Encore un moment de pétarade, et nous débouchons sur un plan d'eau servant de parking à d'autres embarcations du même type que la nôtre. Une construction peinte en vert, d'assez fortes dimensions, se mire dans la flotte du bassin. Elle fait songer à quelque temple et je me dis qu'en fin de compte, mon piroguier va me montrer l'un de ces bouddhas à la mords-moi-le-paf dont ces pays ont le secret : qu'y a rien de plus gerbant que ces gros lards à l'obésité triomphante. Ils ont beau les représenter en or ou en jade, je trouve ces divinités affreuses, inhumaines surtout, ce qui est grave pour un dieu ! On a, à la maison, un cœur-sacré-de-Jésus en plâtre véritable qu'une bonne portugaise nous a ramené de ses vacances et qui en jette comme tu peux pas te rendre compte. Le Seigneur ressemble à un garçon coiffeur pour dames de la banlieue de Lisbonne. Je préconisais une maladresse délibérée pour en finir avec cette œuvre d'art, mais ma Féloche qui est pieuse a prétendu que, kitch ou pas, ce buste se voulait la représentation du Seigneur, qu'il avait été vendu et acheté en tant que tel et que, le détruire relevait du sacrilège. J'ai approuvé la justesse de son raisonnement ; depuis lors, le « Cœur Sacré » trône sur une commode, dans la chambre d'ami, entre un bougeoir de cuivre et la photo de grand-mère jeune fille. Alors je me dis que pour les bouddhas, je dois rengracier et tolérer leur hideur puisqu'ils figurent Dieu pour certains de mes frères humains.

Tu peux comprendre ça ?

T'es sûr ? Avec toi, j'ai toujours peur.

Mon mentor m'entraîne vers le bâtiment au toit en cils de travelo. La porte passée, tu débouches dans un local agrémenté par des espèces de meurtrières, mais la lumière d'ici est si intense qu'elles suffisent à éclairer la pièce. Celle-ci n'est meublée que de banquettes au velours pelucheux sur lesquelles sont assis quelques

Occidentaux à l'air gêné. Une hôtesse affriolante, habillée de deux marguerites en tissu et d'une étroite cucul-jupe, va de l'un aux autres pour proposer du thé. Sa théière ainsi que les minuscules tasses reposent sur un éventaire à courroie qu'elle coltine sur son ventre. La scène fait très « orientale », on se croirait dans un vieux *book* de Claude Farrère.

Mon corsaire pour Club Med me dit de prendre place.

— Pour quoi faire ? lui demandé-je.

— Pour attendre votre tour !

Moi, les endroits à cul où l'on gueule : « Au suivant », ne m'ont jamais inspiré.

— Je n'ai pas le temps ! tranché-je.

Le gars me sourit.

— Alors, vous visitez seulement ? La visite c'est vingt-cinq dollars.

— D'accord !

Le freluquet me guide jusqu'à une dame que je n'avais pas vue car elle se tient derrière un paravent. La sous-mactée, je présume. Il lui parle et m'indique que c'est à elle que je dois allonger les verdâtres.

Ce dont je.

Cette taxe de séjour étant acquittée, il m'entraîne vers une porte à laquelle il toque. Un gros balèse ouvre. Il porte un long vêtement de soie noire avec des brodures jaunes, ainsi qu'un bonnet rond assez semblable à ceux que mettent les chirurgiens.

Me voici dans un long couloir identique à celui d'une prison. Des portes se succèdent, à droite et à gauche. Un panneau vitré est ménagé dans chacune d'elles. A l'intérieur, un petit rideau permet de l'obstruer, mais la plupart restent ouverts, permettant de voir ce qu'il se passe dans la pièce.

— Regardez ! invite le batelier. C'est très intéressant.

Je regarde.

Intéressant ! Il a dit intéressant ? Je le massacrerais pour un tel adjectif !

L'ignominie ! J'en ai vu, des choses pas reluisantes, voire carrément abjectes. Oh ! que j'en ai vu ! Mais des qui atteignent un tel degré d'abomination, jamais encore.

Figure-toi un grand canapé bas d'au moins trois mètres de large. Et là-dessus, un gros bonhomme au pantalon tombé sodomise un enfant de cinq ans à peine. Un gémissement m'échappe, fait d'indignation, de pitié et de honte. Le pauvre petit être se tient agenouillé sur un énorme coussin carré, les bras autour de sa tête et le salaud le pénètre à grands coups de reins, une expression libidineuse sur le visage. Il prend un panard monumental, ce monstre, s'assouvit avec une rage voluptueuse en regrettant presque que l'enfant ne crie pas de souffrance. Mais le pauvre ange qu'on prostitue a dépassé le stade de la douleur. Une sombre passivité annihile en lui toute réaction. Il se laisse forcer sans moufter et, qui sait, peut-être s'ennuie-t-il, à ce degré de totale soumission ?

Moi, tu me connais. Ou si tu ne me connais pas, t'auras entendu parler de moi par Pierre, Paul, Jacques ou Léon. Un môme, c'est sacré ! Qu'on les trucide à Sarajevo ou ailleurs, ces petits d'homme, me met l'âme en torche, mais que d'infâmes jouisseurs paient pour les sodomiser, je deviens fou à quatre-vingt-dix degrés !

La porte est fermée de l'intérieur par un loqueteau. J'en ai raison d'un coup d'épaule. Me précipite sur le sodomite de bambins, l'arrache du petit oignon de l'ange-pas-déchu. Un enfant n'est jamais déchu, quoi qu'il fasse. J'aurais un ya sur moi, ce gros goret, je lui couperais le zizi, qu'il a tordu comme un guidon de vélo. Ce à quoi il a droit, d'or et d'orgeat (Béru dixit), c'est à un coup de boule en pleine vitrine ; je sens craquer du cartilage, de l'os peut-être même ? Je le fais reculer, il se prend les paturoches dans son bénouze et tombe à la renverse. Je lui balance alors un coup de talon dans la roustonnerie, susceptible d'écrabouiller un rhinocéros adulte. Ça l'évanouit, le gueux.

Ses burnes se mettent à enfler, à violir, à devenir plus malsaines de seconde en seconde. Pas prêt de fourrer un prose, ce salaud ! Dans ma rage, je le resatonne dans l'entrejambe, que si je pouvais l'écouiller, ma journée aurait une signification, bordel! Là, il en a pour son compte!

Le petit enfant nu s'est assis sur le canapé et me regarde sans marquer d'intérêt. L'existence ne le concerne plus directement. Il est parti sur une autre planète où le vice seul compte. A quoi veux-tu jouer quand, à cinq ans, tu dérouilles des pafs dans le prose à longueur de journée? Quelle friandise peux-tu convoiter quand des brutes te déflaquent dans la bouche à qui mieux mieux, à qui vieux vieux! Ah! saloperie de destin!

Le gros sac a des hoquets dans son évanouissure. Tu lui verrais les génitoires, tu croirais qu'on vient d'éventrer un veau et que sa triperie gît sur le sol mineur.

A cet instant, je morfle un grand parpaing derrière la hure. C'est le gardien du bordel qui intervient, alerté par mon guide. Je titube mais ne romps pas. Des étincelles bleues et d'autres dorées, de toute beauté, dansent dans ma vue.

Je fais front. L'homme tient un revolver de cow-boy énorme sur mon ventre. N'a pas l'air conciliant. Il me visionne comme deux flèches jumelles.

Le petit corsaire pour fête foraine radine, essoufflé. Il est suivi d'un homme que je connais bien, tout habillé de blanc, et qui n'est autre que le Chinois qui nous a taxés pour nous offrir deux morts qu'il a fait confectionner sur mesure, à la commande.

— Tiens donc! il dit sans trop s'émouvoir.

Et moi, dominant ma surprise :

— Vous faites aussi dans la prostitution d'enfants?

Il reste grave. Son éternel sourire a pris des vacances.

— Qu'est-ce qui vous prend d'agresser ma clientèle?

— Vous appelez des types comme ce sac à merde une clientèle! Comment pouvez-vous sacrifier des innocents à un aussi misérable trafic? Vous avez donc perdu toute dignité humaine?

Au lieu de répondre, il se penche sur le gros violeur et palpe sa jugulaire.

— Non, rassurez-vous, fais-je : il n'est pas mort et je le regrette.

L'homme en blanc retrouve enfin son sourire, mais celui-ci, loin d'éclairer sa physionomie couleur de bronze, l'assombrit.

— Je n'ai pas votre don pour fabriquer des cadavres, ajouté-je. Avez-vous pensé un instant que je serais dupe et prendrais votre couple de la rizière pour le vrai ?

Son gros cerbère continue de me tenir son feu sur le bide, juste dans le creux de mon estomac délicat.

Faut être un branque pour penser neutraliser un émérite de mon gabarit de cette façon puérile. Il est temps de le lui démontrer. Quand j'étais chiare, j'essayais d'attraper les mouches, comme le font tous les mômes. Au début, ça foirait parce que je plaçais la paume de ma main sur la table où elles se trouvaient et j'avais le bonjour. Et puis j'ai pigé que pour capturer ces noirs diptères, je devais soulever la main afin de compenser leur rapidité.

Dans le cas présent, c'est du kif comme principe ; ainsi ma paluche captatrice de flingue part-elle en même temps que ma rotule dans ses bourses.

C'est la simultanéité qui assure le succès. Couic ! Avant que le gros eunuque ne grimace, j'ai son arquebuse bien en pogne. Il a droit à un coup de crosse au temporal qui le couche. Une lame brille. Je volte et défouraille sur le mec en blanc qui prétendait s'offrir ma glotte.

Il morfle dans le poitrail et paraît sidéré.

— Tu veux que je te dise, Chevalier Ajax ? Tu as enfin ce que tu mérites.

Voilà ce que je lui déclare sans animosité, mais avec âme.

Son regard cloaque, vitreuse. Il se meurt dedans, ce grand con ; ne tombe qu'après. Mais bien, et pour le compte !

Instantanément, en le regardant, je pense :

« Toi aussi, Antoine, tu es un homme mort ! »

Dans un pays où l'on tue très facilement les gens qui

ne t'ont rien fait, qu'en est-il de ceux qui butent les caïds du Milieu ?

Le petit gondolier glaglate. La scène est presque burlesque. Le gros baiseur (hollandais, je suppose, ou chleuh, enfin plutôt du nord) gît sous son tas de couilles tuméfiées, toujours groggy. Le cerbère qui a morflé aussi dans ses parties domaniales fait de même. L'homme en blanc va bientôt entreprendre sa rigidité cadavérique, quant au pauvre petit garçon, cause innocente de cette hécatombe, il continue de regarder dans le vague en battant le divan de ses petits talons.

Je tire le rideau de la porte.

— Viens avec moi et sois sage ! fais-je au corsaire de baraque foraine.

Et tu sais sa réaction ?

— Où ça ? me demande-t-il.

— Si seulement tu pouvais me le dire, réponds-je en refermant la porte privée de loquet.

VIVRE EST UNE HABITUDE

Il y a des instants, comme celui-ci, où je regrette de ne pas avoir acheté une quincaillerie, bien placée, en face du port. M'man tiendrait la caisse, j'aurais un commis un peu pionard et je baiserais la pharmacienne dans son officine après nos fermetures. Peut-être serais-je marié et aurais-je deux ou trois chiares pour assurer mes inquiétudes et mes chagrins ?

Tandis que vois-moi à cette heure nauséabonde, en passe d'être traqué à mort par la pègre et la police d'un pays pas comme les autres. La joie, hein ?

Nous retraversons la salle d'attente où des dépravés internationaux patientent pour avoir le triste bonheur d'enfiler un petit être résigné qui fait des passes au lieu de se rendre en classe.

J'opère un lent travelling devant ces mâles indignes en essayant de leur transmettre mon indicible mépris.

Nous retournons au bateau, comme si de rien n'était. Je gamberge aussi vite que tourne la lame d'une tronçonneuse. Que faire ? Où aller ? Dès que j'aurai quitté ce garçon au bandeau rouge, il parlera. Retourner à ma chignole ? Inutile. Le temps de la récupérer, l'alerte va être donnée.

La barcasse tangue sous mon poids. Le gazier lance son vieux Johnson-casserole et ça pétarade en fumant noirâtre.

— Non ! m'écrié-je, comme il s'apprête à barrer à gauche pour prendre le chemin du retour.

Ce n'est pas moi qui viens de lancer ça, mais mon petit lutin intérieur. Un bout de temps que je te parle plus de lui. Pourtant il est toujours là, à me servir de subconscient, le gentil bougre. De gardien de but. Parfois, quand je me trouve en cruelle expectative, il prend la décision pour moi.

— Où ? riposte mon placide batelier.

Je lui désigne la direction opposée.

Pas contrariant, il rectifie la trajectoire et s'engage sur le canal, à travers les bambous et les plantes aquatiques.

Des oiseaux au vol pâteux fuient à notre approche. Certains sont nacrés, d'autres jaunes, il y en a qui ont des aigrettes, comme sur les tapisseries chinoises.

Visiblement, ce cours d'eau artificiel s'éloigne de Bangkok. Le garçon pilote en ayant l'air de penser à autre chose ou, plus exactement, à rien.

— Ote ton bandeau rouge ! lui enjoins-je.

Il l'arrache de sa chevelure et le jette au fond de la barque.

— Maintenant, enlève ta veste.

Le voilà torse nu. Ces précautions te paraissent sans doute dérisoires, à moi elles semblent sages. Son accoutrement ainsi modifié, le jeune homme ne correspond plus au signalement qu'on est susceptible de donner de lui. Commak, il est anonyme. Par contre, c'est bibi qui détonne. Il faudrait... Quoi, que faudrait-il ?

Je me déloque du haut. Peut-être suis-je moins voyant ainsi ?

Le petit gars a compris mes intentions. Il se baisse et, sans lâcher son gouvernail, saisit quelque chose sous la planche fixée à la poupe. Il me tend un chapeau conique, en paille tressée, dit « chapeau chinois » chez nous autres, Occidentaux.

Je m'en coiffe. Si je me tiens penché, il est virtuellement impossible de voir que je suis un Européen.

— Pourquoi ? lui demandé-je, bouleversé par son aide spontanée.

Il dit :

— J'ai passé douze années au club.

— Quel club ?

— Celui d'où nous venons.

Je pige tout, en grand.

— Tu veux dire que tu as été un enfant prostitué, toi aussi ?

— Oui. Quand j'ai eu passé l'âge, Nan m'a employé comme rabatteur. A présent je recrute les clients pour les conduire au club.

— Nan, c'est l'homme en blanc ?

— Oui, Shû Nan.

— Tu trouves que j'ai eu raison de lui tirer dessus ?

— Oh ! oui ! J'aurais tant voulu pouvoir le tuer, moi ! J'aurais pris un bambou affûté pour crever ses yeux, ensuite je lui aurais coupé le sexe et j'aurais bourré le trou de petits piments rouges.

Là, pour la première fois, il s'anime. Une transe, issue d'un rêve inlassablement répété, le fait frémir.

— J'aurais attendu des jours avant d'enfoncer mon bambou dans son cul jusqu'à ce qu'il lui ressorte par sa bouche !

Il sourit à la scène qu'il a construite au fil du temps et qu'il peaufine, nuit après nuit.

— C'est dommage, soupire-t-il. (Puis, craignant de m'avoir désobligé :) Mais je suis très content tout de même.

Je lui tends la main :

— Comment te nommes-tu ?

— Chi O Po.

Il touche le bout de mes doigts, fugitivement, sans effusion.

— Quand on nous arrêtera, je dirai que vous m'avez obligé à vous conduire, non ?

Pratique, le garçon.

— Evidemment, je le dirai même avant toi, et on me croira puisque j'ai conservé le revolver du gardien. Tu estimes qu'il est fatal qu'on m'arrête ?

Il opine.

— Oui, fatal. On ne peut pas tuer Nan et s'en sortir :

tous les chefs du pays vont s'y mettre. Et quand ils vous trouveront, si vous avez le temps, tirez-vous vite une balle dans la tête, sinon votre mort serait trop terrible : ils vous découperaient vivant et ça durerait des jours et des jours. Oh ! oui : gardez bien une balle pour vous, Sir. Ce sera le plus beau cadeau que vous vous serez jamais fait à vous-même.

Sympa, non ?

Dans un arbre géant bordant la rive, deux singes s'épouillent avec gravité. Je les envie !

*
**

Au bout de ce canal, il y en a un autre, un peu plus large, avec de la circulation. Je me tiens courbé en avant. Heureusement que j'ai le corps bronzé. Si j'avais la couleur d'une merde de laitier, j'attirerais les regards.

J'ai beau gamberger, je ne parviens pas à organiser un plan valable. Mes projets de projets avortent à peine conçus. Toutes mes tentatives sont dérisoires. Fuir ? Où, jusqu'à quand ? Voilà bientôt une plombe qu'on navigue, sans autre but que de mettre de la distance entre le lieu « du drame » et son auteur. Je ne dispose que de peu d'argent : cinq cents dollars environ.

Soudain, Chi O Po se retourne.

— La police ! fait-il.

Effectivement, on perçoit un grondement de moteur qui ne ressemble pas aux autres car il est terriblement puissant.

— Jetez-vous à l'eau entre le bateau et la rive et tenez-vous à ce lien ! m'ordonne le garçon.

Dit ! Fait !

Me balance au jus mazouteux, algueux, putride.

Je suis allongé contre le canot, cramponné à un bout de cordage. Mon compagnon a ralenti l'allure. L'eau est au-dessus de moi et, pour respirer, je dois sortir la tête de la flotte. Des plantes fluides adhèrent à mon corps. Le pilote serre la berge pour me dissimuler, mais si des gens se tiennent sur la rive, ils risquent de me voir.

Le grondement s'amplifie. Je biche une grande goulée d'air et tente de battre le record du monde de plongée. Les manettes dans la tisane, je ne perçois plus très bien les bruits ; ils deviennent une rumeur improbable.

Je lutte désespérément contre l'asphyxie, me disant que chaque seconde d'immersion peut me sauver la vie. Malgré cette malenpointe, je constate que la vedette ralentit de plus en plus, qu'elle s'arrête. Seigneur, *forget me not, please !*

Je suis maintenant tellement bloqué contre la berge que je dois couler mon corps sous le barlu pour qu'il ne soit pas écrasé. Juste je conserve un bout de museau dans la courbure de la proue, mais pas de quoi m'épanouir. La vie heureuse, ce sera pour une autre fois.

Des chocs, du tangage accéléré, profond, qui me secoue, me fait boire tasse sur tasse.

Des voix de Niacs, aiguës, « quinchardes », comme disait ma grand-mère. Et puis le vrombissement du moteur éclate à nouveau. C'est la décarrade des matuches. La barque effilée est malmenée par le fort sillage du canot automobile. Elle ne doit pas être la seule à faire la fofolle sur la lance du canal. Les poulardins, s'ils s'en foutent de déclencher des tornades !

Longtemps, mon barlu continue de s'agiter, branlant du nez, tordant du cul. A la fin, ça se tasse. Tout se calme progressivement. J'attends le plus possible, puis je passe à l'avant de l'embarcation. Le canal semble désert. Personne sur les rives non plus.

J'émerge, saisis le plat-bord, commence un rétablissement. Madoué ! Stupeur complète : l'embarcation est vide. Plus de Chi O Po, les perdreaux aquatiques l'ont emporté. Avant de l'arrêter, on lui a laissé attacher son cuirassé après des branches qui trempent dans la baille.

Me voilà seul !

LA BELLE DE QUALITÉ

Tout seul !

Avant de me hisser dans la barque, j'essaie de comprendre. Au long de notre pauvre vie galeuse, nous sommes sans cesse confrontés à des mystères. Des grands, d'intérêt international, et puis des petits, voire des minuscules, individuels, quoi.

Réunissant mes facultés, je finis par décider ce qui suit : les perdreaux (ou d'autres gens aussi peu recommandables) se sont lancés à nos trousses. Peut-être ces poursuiveurs avaient-ils embarqué à leur bord quelqu'un qui connaissait Chi O Po, tel que le gardien du sérail que j'ai molesté, par exemple ? Mon brave petit complice a été reconnu. On l'a contraint de stopper. On lui a demandé ce qu'il en était de ma pomme. Il aura déclaré que je l'ai obligé à le débarquer en cours de route. Alors les mecs que je te cause l'ont forcé à venir avec eux afin qu'il leur montre l'endroit où j'ai mis pied à terre. Crois-moi, cette hypothèse est en béton et je suis prêt à te parier une nuit sur le Mont chauve contre une nuit avec ta femme que c'est bel et bien ce qui vient de se passer.

J'attends les directives de mon lutin, mais ce con doit faire la sieste car il me laisse quimper comme un vieux préservatif qui vient de servir une douzaine de fois.

Je dois donc décider seul.

Ça se présente commak :

Mon pantalon et mon slip sont détrempés, ainsi que

mes chaussettes. Impossible de me déplacer avec de tels vêtements couverts d'algues vertes et puant la vase.

J'ai eu, fort heureusement, le bon réflexe en larguant mes pompes avant de plonger.

J'achève mon rétablissement afin d'inventorier le barlu. J'y retrouve mes fringues de l'hémisphère nord, mes ribouis, le bada chinetoque, plus un short plein de cambouis appartenant à mon brave Chi O Po. Je l'essaie, sans illuses, vu la minceur du sujet et je découvre, avec ravissement, que le vêtement ne lui appartient pas puisqu'il est quasiment trop large pour moi. J'enfile ma chemise après l'avoir mise en lambeaux, puis le short. Je recoiffe le bitos conique, passe mes mocassins légers, récupère mon larfouillet, mon pognozoff, le feu du cerbère et, ayant halé le barlu au plus près de la berge, saute sur celle-ci, abandonnant mes effets Cerruti.

Honnêtement, je ne crois pas que je pourrai aller bien loin dans cet équipage. Une chasse à l'homme à grand spectacle s'organise, j'en ai déjà eu la preuve.

Je me félicite de n'avoir pas embarqué le brave Achille dans cette équipée. Comment réagira-t-il en ne me voyant pas rentrer à l'hôtel, ce bon Crabe à pinces monseigneur ? Va-t-on lui « faire des misères » ? L'embastiller ? Je mise sur son âge, sa classe et ses hautes relations pour qu'il s'en sorte, Pépère. Sur le pognon dont il dispose aussi et surtout !

En attendant, je marche, suivant une rizière où des dames travaillent, jambes nues et jupes retroussées. Pas le temps de mater les cuisses des plus belles. La nique, ça sera pour une autre fois (du moins l'espéré-je).

A force d'arquer, je dépasse la limite de l'étendue semi-inondée. J'avise alors un vieux très vieux bonhomme endormi à l'ombre d'une toile tendue sur des piquets en croix. Non loin de lui, il y a sa casserolette de thé qui repose sur les deux pierres noircies d'un minuscule foyer éteint. Le sommaire bivouac comporte en outre une sorte de binette à long manche. Je vais m'en saisir à pas de chat. Je repense au film de

Fernandel : *La Vache et le prisonnier,* où l'on voit un soldat français fuir son stalag, puis l'Allemagne, en tirant une vache par sa longe.

Toujours penser au détail qui endort la méfiance. Avec ma binette sur l'épaule et mon chapeau chinois, j'ai la parfaite silhouette du paysan thaï revenant du boulot, mon ombre est formelle, qui me renseigne.

Des heures durant, je marche, marche sous le soleil féroce, à travers la campagne. Je traverse des forêts d'hévéas, je longe à nouveau des rizières, puis des plantations de cocotiers dont la récolte est assurée par des singes dressés. Quand j'aperçois des individus, je m'arrange pour les contourner habilement. L'outil volé me fatigue les épaules ; n'importe, je m'obstine à le conserver, certain qu'il m'assure une sorte de protection psychologique.

Je songe à la mère Versère, l'opticienne, bien peinarde dans son magasin, avec ou sans culotte. Dans quelle pistouille m'a-t-elle fourré, la chérie ! Je maudis sa frangine vagabonde. Elle pouvait pas aller à Venise comme tout le monde, la môme Rosy ? Ils espèrent quoi, les touristes, en venant galérer dans ce pays de mes fesses ? Se prennent pour Marco Polo. Polo mon cul, oui ! De quoi se pignoler dans l'une des vitrines des Galeries Foufounette !

Mes cannes se font télescopiques et pénètrent dans mon bassin, un peu plus à chaque pas. Je dois devenir nain, à force d'arquer sur des terrains déglingués.

J'ai des papillons plein la vue : des petits blancs, genre piéride du chou. Fuir, c'est un mot. Fuir c'est, je te le répète, s'éloigner d'un danger, mais ce déplacement, souvent, est illusoire. L'une de nos condamnations irrémédiables, c'est que nous sommes limités dans nos efforts. L'instant inexorable arrive où le manque de carburant nous terrasse : carburant nourriture, carburant repos.

Des plaintes lugubres sont émises par mes entrailles. J'ai faim. Et puis je suis à bout. Salope d'Annie qui n'avait pas mis de culotte ce jour-là ! C'est contre nature, ça ! Toutes les dames mettent une culotte. On ne promène pas une cicatrice à l'air libre ! Pour moi, le sexe des femmes en constitue une, et leurs slips sont des pansements !

L'esprit tordu, j'ai. Souvent, je me mets à considérer les êtres et les choses « autrement » et ça me révulse. Il m'est arrivé de regarder l'entrecôte appétissante qui emplit mon assiette et de la constater telle qu'elle est réellement, c'est-à-dire comme une tranche d'animal mort et, soudain, je suis incapable de la manger. Pour vivre bien, il faut peu penser, d'où la grande sérénité des cons. Au départ, cons, nous le sommes tous, et chacun a sa chance. Et puis, chez quelques rares individus, une mue s'opère et ils acquièrent l'intelligence. Ils sont alors foutus. Ils viennent de passer à côté de leur vie, de s'engager dans le maquis inextricable de l'esprit.

Histoire de me doper un brin, comme toujours dans ces périodes dénuementales, je songe à Félicie dans sa quiète maison. Quelle heure est-il en France ? N'ai pas le courage de calculer. M'man doit dormir, ou bien regarder la télé, ou peut-être encaustiquer ses vieux meubles. Elle reste la référence de mon univers. La seule qui soit possible, la seule qui soit exacte. C'est mon Pavillon de Breteuil, Féloche.

Elle m'attend.

Si elle m'attend, il faut bien que je revienne, non ?

Au loin je distingue une route à forte circulation sillonnée par des camions.

C'est là que mon lutin sort de sa léthargie.

*
**

Une station d'essence sur une route, c'est comme un îlot sur la mer.

Avant de m'en approcher, je jette ma binette dont le poids pourtant modeste a fini par me disloquer les clavicules.

Toutes les aires de ravitaillement en gazoline se

ressemblent, dans le monde. Des colonnes d'essence (de benzine, de pétrole, selon les patelins), un bureau-caisse où l'on vend des denrées alimentaires dont quelques-unes sont de première nécessité et toutes les autres parfaitement superflues, souvent, un grand parking permettant aux routiers de piquer un roupillon.

Je m'approche de la guitoune au ravito. On y propose des bouffes bizarres, du style beignet. La pâte à friture, on n'a rien trouvé de mieux pour cacher le sordide, le débectant. Prends n'importe quoi et fais-le frire, il paraîtra comestible, parfois appétissant.

C'est une vieille gonzesse qui tient la caisse. Lorsqu'elle est née, son bled s'appelait encore le Siam. Elle porte une blouse au nom de l'essence qu'elle vend et s'affuble de lunettes à gros foyers qui la font ressembler à Mme Marguerite Duras (pas celle de la pointe, celle de la barbe).

J'emplette quatre sandouiches à j'sais-pas-quoi, une « main de bananes » (comme dit m'man), une boutanche de Coke et quelques chocolats (c'est énergétique). La vioque enfouille mon grisbi sans plus s'intéresser à moi qu'à l'hygiène de ses trois dernières dents.

Je vais m'asseoir à l'ombre d'un toit de bambous, au fond du parkinge. Ce coinceteau est suffisamment à l'écart pour que je m'y sente en relative sécurité. Pour l'instant, les véhicules qui s'approvisionnent en carburant dédaignent l'aire de stationnement.

J'engloutis les deux tiers de mes emplettes et je décide qu'il me faut absolument récupérer. Plus je laisserai passer de temps, moins grands seront les risques de me faire serrer... Marrant comme on contracte vite une mentalité de trimardeur, à mener cette vie errante.

J'observe les environs et me décide pour un hangar tout proche qui a dû servir naguère d'atelier de réparations, mais le proprio de la station n'a pas trouvé la chose suffisamment lucrative. Sous ce hangar finissent de mourir quelques épaves de bagnoles d'une autre fois qui vaudraient une fortune aujourd'hui si on les avait entretenues un minimum. Une échelle de bambou (les barreaux tiennent par des liens) permet d'accéder à l'espace situé entre le plafond en planches disjointes et le toit de tôle. On a entreposé des pneus dans cette espèce de soupente.

Je grimpe et, avec une magnifique impudeur, retire la frêle échelle. Une fois en haut, je m'arrange une niche au milieu des boudins. Ceux-ci sont vieux, lisses pour la plupart et ne peuvent plus guère servir que de paroi de protection sur les méandres d'un karting. Je pisse dans un jerrican rouillé. Capacité 20 litres ! J'ai de quoi voir venir !

ALERTE DE NUIT

A travers ma dorme pourtant profonde, je continue de percevoir le grondement de la route ainsi que le bruit haletant des monstres qui viennent stationner sur le parkinge proche. Loin de me troubler, ils me paraissent rassurants. J'éprouve une délicieuse notion de sécurité, dans ma niche. Je roupille avec « obstination », comme un qui voudrait ne jamais plus se réveiller. A croire que le seul but de mon existence, désormais, c'est de pioncer, et de pioncer encore, comme ça jusqu'à ce que la vie s'en aille de moi.

Et le temps s'écoule. Par paliers, le sommeil relâche son emprise. Cela ressemble à une renaissance. L'instant vient où je me sens « reconstruit ». Mon corps se remet au service de ma volonté. Il y a « harmonie » entre lui et ma pensée.

Je mate ma montre qui ne m'a pas quitté et je rigole en pensant au « coolie » que j'étais, binette sur l'épaule et Pasha d'or au poignet. Cherchez l'erreur !

Le cadran lumineux m'indique trois heures vingt. La circulation est en veilleuse et le déchaînement élytrique des insectes nocturnes l'a remplacé.

Programme ? m'interrogé-je.

Deux écoles : reprendre la fuite ou profiter de cette cache bénie pour laisser se calmer l'ardeur de mes chasseurs ?

La seconde solution me semble la plus sage. Un seul pépin à son adoption : je suis un homme d'action et je ne me sens pas capable de rester blotti parmi ces vieux boudins moisis durant un temps indéfini.

Ma disparition doit prodigieusement énerver ceux qui me coursent. Elle attise leur rage et les stimule au lieu de les calmer. Il faudrait bien des jours pour qu'ils commencent à se désintéresser de moi. Sachant que je fuis pédestrement, ils doivent passer toute la région au peigne fin. Qui me dit qu'ils ne sont pas tout proches d'ici, prêts à m'alpaguer ?

Ma sérénité du réveil commence à se ternir d'inquiétude. Bientôt je repasse l'échelle par l'ouverture et descends me dégourdir les cannes.

Deux camions sont au mouillage, avec seulement leurs feux de position. Leurs pilotes doivent s'offrir une infusion de roupillon en attendant les aurores.

Quoi faire ? Tenter d'en amadouer un pour qu'il m'accepte à son bord ? J'ai remarqué que le stop semble bien fonctionner en Thaïlande. Seulement, tout routier est un auditeur de radio invétéré ; si j'ai fait l'objet d'un communiqué de recherches, ces mecs en ont été les premiers informés.

L'air fraîchouillard de la nuit achève de me revigorer. Tout en demeurant dans l'ombre, je vais mater la station silencieuse.

De loin, j'aperçois un type à la place qu'occupait la mère Duras naguère : le préposé de noye. Il est minuscule, avec une gueule tout en os et porte un blouson.

Il lit un magazine illustré imprimé sur du papier-chiotte. Je n'ai rien à espérer de lui.

Je continue, à distance, mon tour de la construction. Sur sa face sud, il y a des gogues éclairés par une fléchissante loupiote qu'un mauvais contact fait palpiter dans l'obscurité. Non loin des vécés, j'avise une mobylette retenue à un anneau scellé par un antivol qui ferait rigoler un petit garçon de quatre ans.

Chouraver la péteuse ?

Rien qui ne te mette plus en vue. Je serais retroussé par le premier perdreau.

J'en suis là de mes décourageantes constatations quand mon lutin de poche, las de se branler les cloches en ma compagnie, décide à nouveau de faire quelque chose d'intelligent pour moi.

Ça se présente pour commencer sous l'aspect de deux phares impétueux et d'un ronflement de moteur. Intervient le couinement de freins sollicités en dépit du bon sens.

Une voiture sport vient stopper devant les pompes. Cabriolet décapoté. A bord, je te le fiche en mille. Tu donnes ta langue ? Ben t'as raison car il s'agit de deux gonzesses avec des carrés de soie noués autour de la tête. Le pompiste sort. En anglais, la conductrice lui demande le plein de super. Le mec s'active, à gestes menus, précis.

« Santonio, mon bijou, me fais-je avec cette familiarité que je n'accepte que de moi-même, il va falloir jouer ton va-tout ! »

En foi de quoi, je vais me poster deux cents mètres en amont de la chignole.

L'essence glougloute dans le réservoir, la fille prépare un bifton que le pompezingue affure. Pourliche. Ça repart. Et me voici dans le faisceau des phares, les bras levés, mon sourire de bataille en piste, tout bien.

Va-t-elle appuyer sur l'accélérateur ou sur le frein ? La proximité de la station la rassure sans doute car elle stoppe à ma hauteur.

— Qu'est-ce que c'est ? demande-t-elle.

En anglais, mais avec un accent germanique.

— Navré de vous importuner, Miss, figurez-vous que je suis un touriste français qu'une bande de malandrins a détroussé. On m'a dérobé ma voiture, mes bagages et jusqu'à mes vêtements. Heureusement, j'avais de l'argent dissimulé dans une ceinture corporelle... Si vous aviez la bonté de me prendre avec vous...

Mon sourire se fait ingénu, avec une pointe (longue commak) de séduction.

— Nous n'allons pas à Bangkok, objecte la conductrice.

— Moi non plus, m'empressé-je. Je me rendais à Phuket quand on m'a attaqué.

— C'est notre destination ! s'exclame la fille.

Je la distingue mal, because l'obscurité et le carré Hermès qui emprisonne sa tête.

Elle ajoute, montrant l'arrière de sa tire :

— C'est que nous n'avons pas de place, cette auto est une 2 + 2 et, comme vous le constatez, nous avons une partie de nos valises à l'arrière car le coffre est minuscule.

— Dieu merci, je ne suis pas obèse, Miss. Je me loverai et prendrai votre Samsonite sur les genoux.

Elle semble hésiter encore, mais je dois avoir un ticket avec sa potesse car celle-ci murmure, dans une langue pas comestible qui devrait être du danois, ou une connerie scandinave de ce tonneau, quelque chose devant signifier : « On ne peut pas le laisser tomber ! »

La conductrice opine (j'en ferais bien autant avec sa passagère).

— Essayons ! dit-elle.

Elle quitte son siège pour me permettre de manœuvrer.

Pour commencer je débarque la valdingue, grimpe en biais derrière les deux sièges et demande à la môme de me passer le bagage. Je dois te dire que ma position manque de confort. Coincé, écrabouillé, distordu, je serais, à tout prendre, beaucoup mieux dans le train d'atterrissage d'un avion (sauf qu'il y fait plus froid quand on se trouve en vol). Ce qui me raie-con-forte, c'est de me sentir invisible de l'extérieur. Les perdreaux de la route ne me remarqueront pas, à moins qu'ils n'arraisonnent les deux poupées pour un quelconque contrôle.

Deux minutes plus tard, nous roulons sur une nationale, peu fréquentée à pareille heure.

On jacte pour passer le temps. Les deux souris me confirment qu'elles sont danoises. Elles viennent d'achever leur doctorat en géologie et prennent un trimestre sabbatique pour visiter l'Asie. Des filles à *daddy,* ça se renifle illico. Je leur demande si elles ont été importunées au cours de leur voyage et elles me répondent que, mis à part des queutards un peu trop empressés, dont elles ont pu se défaire sans trop de mal, tout a baigné pour elles jusqu'à présent.

La conductrice se prénomme Martha, sa compagne Carola. Je leur assure que ce sont là des prénoms de roman. Ça les amuse. Visiblement, je plais de plus en mieux à Carola ; à preuve : elle a abaissé le pare-soleil de son côté parce qu'il y a un miroir au dos dans lequel elle me visionne complaisamment. J'en suis troublé et, malgré ma posture biscornue, voilà que je m'épanouis de la membrane fiévreuse, ce qui ajoute encore à mon inconfort, comme tu t'en doutes. Je me mets à lui adresser des mimiques un peu rustaudes mais éloquentes, entrouvrant ma bouche en faisant frétiller ma menteuse comme une ablette au bout d'une ligne, en accompagnant cette fin de recevoir de regards enamourés qui lui irriguent le slip.

Je flaire à plein pif la bonne fortune. Il n'y aurait pas la Martha, beaucoup plus réservée, on garerait la tire dans un chemin creux et je fourrerais cette divinité contre le capot de l'automobile.

On roule, roule. D'après mon estimation, il doit y avoir encore quatre cents bornes pour Phuket, soit environ six heures de voyage, compte tenu de notre allure. Si tout va bien, nous serons arrivés avant midi. Note que je ne serai pas sauvé pour autant, cette station balnéaire mondialement réputée se trouvant toujours en Thaïlande, néanmoins, je serai loin de Bangkok et de ses maléfices, et proche de la Malaisie ; deux belles raisons pour boire Contrex.

Une heure de route, puis deux, puis trois. Le trafic a repris du poil de la belette. A deux reprises, nous avons été dépassés, ou bien avons été croisés par des motards de la police, avec leurs casques plats, leurs silhouettes de petits garçons, leurs bolides fracassants couverts de chromes, d'antennes et de tout un pastaga spectaculaire. Les deux fois, je suis parvenu à me placarder complet dans mon trou et les draupers sont passés fiers comme bar-tabac, la face cachée par d'énormes lunettes teintées.

Un jour en construction commence à jeter des clartés mêlées d'ocre. M'est avis que ça va devenir sérieux.

Pour comble, Martha déclare qu'elle est fatiguée et prie sa camarade de *travel* de lui succéder au volant. Elles conviennent de faire une halte-caoua à la prochaine station indiquée pour 5 km par un panneau.

On y parvient en moins de jouge. La chauffeuse range la carriole sur une aire faite pour.

— Vous venez ? me propose-t-elle.

— Non, fais-je, je vais surveiller vos bagages ; dans ce pays, ce serait tenter le diable que de les laisser seuls.

Elle opine mais je note qu'elle prend sa clé de contact pour gagner la partie bar. Exit mes deux chéries. Si tu savais comme elles sont roulées, tu gonflerais du manche aussi fort que ma pomme.

Je me dégage pour tenter de désankyloser mes cannes paralysées. Elles fléchissent quand je pose les pieds au sol.

Je sens une menace planer sur ce coin du monde. Tu crois que l'opticienne la reverra, sa sœur chérie ? Moi, non. Une immense malédiction flotte dans l'air immobile.

Des convois de camions passent à vive allure. Des voitures particulières ont l'air de jouer au chat et à la souris avec eux. Deux d'entre elles s'arrêtent à la station pour un plein de tisane. Par mesure de précaution, je reste immobile. Voilà qu'un mouvement s'opère, en provenance du bar. C'est Carola qui se pointe, un gobelet de café en main. Quand elle est à cinquante centimètres de moi (et à trente de ma bite), elle me tend le breuvage fumant.

— Faites attention, c'est très chaud.

Tu verrais ce corps, sanglé dans un pantalon de coutil blanc et une chemise Lacoste corail ! Elle a ôté son turban. Des cheveux blonds comme l'or pâle ruissellent sur ses épaules.

— Martha est en train de manger quelque chose, me dit-elle.

— Pas vous ? .

— Je n'ai pas faim ; du moins pas faim de nourriture.

Oh ! dis donc, m'n'onc ! Voilà qui s'appelle entrer dans le vit du sujet. D'autant que sa main chauffée par le café se plaque sur ma cuisse dénudée afin de contrôler mes muscles.

T'inquiète pas pour mon standinge : du béton !

— Ce que vous êtes dur, balbutie-t-elle.

— Tout l'animal est comme ça, fanfaronné-je.

Sourire carnassier de la sublime.

En voilà une qui n'a pas bouillavé depuis un certain temps et qui s'en ressent comme une dingue. Ou si elle a tâté du Niacouais, elle a dû être déçue par le gabarit bengali de l'interprète. Le fifre des Cadets de Gascogne, c'est pas sa pointure.

Je tente de lamper une gorgée de café, mais malgache bonne eau, comme dit Béru.

— Vous avez raison, c'est terriblement chaud, fais-je en déposant le gobelet sur le capot.

A cet instant, elle vient d'opérer une prise juteuse (si tu me passes l'expression) en la personne (car c'est quelqu'un que ce machin-là) de mon zob préféré. Mon short est si court qu'elle le dégage par en dessous.

— Magnifique ! s'extasie la chérie.

— De quoi rendre une jolie femme heureuse, non ?

Au lieu de me répondre de vive voix, elle descend me téléphoner à l'entresol. Je devrais m'embarquer illico pour Vénus, mais un élément intempestif me perturbe.

Figure-toi que, de l'autre côté du véhicule, un homme qui a dû ramper jusqu'à nous se redresse. Un énorme, tenant un pistolet à haute portée destructrice : le cerbère du « club » à qui j'ai meurtri le sac à roustons hier.

Il me braque avec un air si mauvais qu'il flanquerait la diarrhée verte à une première communiante. De la pointe de son soufflant, il m'ordonne d'attraper les nuages.

J'obtempère déjà du droit, pour verser des arrhes, et exécute le même geste du gauche, seulement, en cours d'ascension, ma main se saisit du gobelet et balance son contenu dans la poire blette du vilain.

J'ignore jusqu'à quel degré il est brûlé, en tout cas il pousse un hurlement de douleur.

Je saute par-dessus le capot, ma grosse bibite au vent, superbe flamberge. Emplâtre le gros d'un magistral coup de boule dans sa boîte à dominos.

Il n'a pas le temps de réagir que je l'envoie aux quetsches d'un nouveau shoot à la Cantona dans sa paire d'aumônières bouddhistes.

Tu crois que ça dénote un tempérament sadomasochiste de toujours pilonner le mec dans ses œuvres vives ? Je devrais consulter un psy ? Même un qui serait moins intelligent que moi ? Parce que pour en trouver un qui le soit davantage, faudrait passer une annonce dans *Libé*. Et encore, je me demande.

Le gros sac de riz éructe. Son regard fétide (quand il chiale c'est de la merde qui sort de ses orbites) ressemble à la boutonnière d'une ancienne braguette-de-pantalon-de-velours-côtelé-appartenant-à-un-vieillard-frappé-d'incontinence (1).

Manière de lutter contre d'éventuelles déviations, je le termine d'un autre coup de saton dans la tempe et il reste coi, la bouche plus béante qu'une brèche dans les digues camarguaises en période d'inondation.

Cela fait, je ramasse son pistolet, souffle dessus pour en chasser la poussière et, comme ma fouille de short est pleine de l'autre, si je puis exprimer aussi puérilement, je le jette à l'arrière de l'auto des deux donzelles.

Une que cet exploit pétrifie d'admiration, c'est Carola.

— Formidable ! me dit-elle. Cet homme venait nous attaquer et, en un clin d'œil, vous l'avez neutralisé.

(1) Métaphore de toute beauté, révélatrice du prodigieux talent de San-Tonio.

Jean Dutourd

— Aidez-moi, coupé-je, me disant que le sucre glace sur le gâteau du vainqueur ce sera pour plus tard. Allez chercher sa bagnole qui se trouve là-bas, de l'autre côté des pompes à essence et amenez-la ici, la clé de contact doit être restée au tableau de bord.

Subjuguée, elle m'obéit. Et toi, pendant qu'elle s'active, de te demander comment je peux savoir que la guinde en question appartient au gros salingue. Pas dif, eh pomme à l'eau : il n'y a qu'une bagnole sur le terre-plein !

Une fois que son véhicule est près du nôtre, je hisse l'inanimé dans le coffre de sa chignole, non sans l'avoir bâillonné et ligoté en utilisant ses fringues découpées en lanières et m'en vais remiser sa tire dans une espèce de terrain vague proche de la station où s'accumulent une foule de charogneries, parmi lesquelles des épaves d'automobiles à jamais immobiles.

— Il risque de mijoter longtemps dans sa caisse, fais-je à Carola, de plus en plus impressionnée par mon esprit de détermination ; ce sera son châtiment.

— Vous ne préférez pas appeler la police ? objecte-t-elle.

J'éclate de rire.

— Vous plaisantez ! Les flics d'ici sont en cheville avec les malfaiteurs plus que dans n'importe quel autre pays ! Ils m'arrêteraient pour l'avoir frappé !

— Vous êtes un garçon inouï ! dit-elle.

— Vous vous en êtes aperçue toute seule ?

Tu sais quoi ? Elle me roule une pelle, dont la durée nécessiterait un tuba chez un individu n'ayant pas ma capacité thoracique.

Je sens que nous sommes revenus à la case départ. Fectivement, elle me rempoigne le bigoudi chauffant et le manœuvre comme s'il s'agissait d'une pompe à vélo domestique.

— Dommage que vous portiez un pantalon, déploré-je. La femme est faite pour mettre des jupes, sinon elle abdique sa qualité la plus précieuse qui est la disponibilité.

— Où est l'obstacle ? fait-elle, en dégrafant son bénoche trop ajusté et en s'en dépiautant avec dextérité.

La voilà déjà qui fait le flamant rose sur une seule patte et m'offre sa boîte à pafs à ouverture verticale. J'en profite. Exercice qui manque de simplicité et nécessite du partenaire un membre malléable.

Dieu merci : je l'ai !

La môme se met à gémir en danois, ce qui est donné à moins de cinq millions de gens au niveau de vie élevé.

Elle enfonce ses griffes roses dans mes cuisses et trépigne tant tellement du prose qu'elle pourrait produire assez d'énergie pour alimenter en électricité la principauté de Monaco, moins le palais qui possède ses propres groupes électrogènes !

LA VOLUPTÉ ET LA MORT

Ces jolies Nordiques, crois pas que ce sont des glaçons, surtout ! Haricot Machiasse pourrait modifier son tube acoustique pour chanter « Les filles du Nord, ont dans le cul le soleil qu'elles n'ont pas dehors ! »

La plupart du temps, ce que je déplore dans le coït, c'est sa rapidité. La plupart des adeptes grimpent au fade comme un écureuil au tronc d'un sapin. Quelques secondes de pâmade, et « merci pour vos dons en nature » !

Avec Carola, il en va autrement. Elle jouit longue durée, la mère. Ça la prend dans des périphéries lointaines. Puis ça se rassemble lentement, mais sûrement. Tu la devines partie pour la gagne. Tu sais qu'elle prépare la toute grande gigue culière, que tu vas assister à un numéro de haute école, au grand exploit glandulaire.

Ça lui mûrit de partout, pas un recoin de sa chair qui n'entre dans la ronde. C'est d'une beauté ! Oh ! dis donc... Le Grand Canyon du Colorado, la baie de Rio, ne sont que broutilles, comparés au prélude du fade chez cette exquise touriste. Y a grondement intérieur, comme celui des cours d'eau souterrains. La résurgence commence. Elle franchit le point de non-retour. Ses gestes deviennent plus violents, inexorables !

Et c'est la libération triomphale.

Formidables soubresauts sporadiques de ses meules. Elle paraît terrorisée par l'intensité du séisme. Elle fait

« Oh ! Oh ! Oh ! OOOh ! Aooooh ! » Comme si elle découvrait quelque chose d'absolument nouveau ; constatait un phénomène glandulaire à haute tension ; était emportée par une barre océane loin des rivages enchanteurs.

Elle poursuit par des « Braouwwwa ! Jagordensplüg ! Forwingen ! » En danois d'alcôve. Elle contorsionne du bassin pour m'avoir plus complètement dans son quant-à-elle, *profoundly* à bloc, que je la sens m'engouffrer les roubignoles corps et âme dans sa hotte à vendanges. Sa chaglatte fait un bruit d'œufs battus en neige. Chanson de Lara !

On dirait qu'elle ne peut pas se dépêtrer de son fade, qu'elle prend un pied bot. Elle confine torture, sa jouissance, Carola. Elle va se déglinguer les organes, accoucher de son matériel de reproduction. Il me naît des inquiétudes, d'à force ! Tirer un coup, chez cette nature d'élite, l'entraîne à l'agonie, au coma dépassé.

Elle va me claquer autour de la bite, la Carola. Me faire le coup de l'anneau de Saturne pétrifié. Faudra nous désunir au scalpel électrique, peut-être au laser, va-t'en savoir.

Heureusement, elle déflaque enfin dans un hurlement suprême. Croc-Blanc ! Son cri géant traverse l'aube qui sent le poivre, la végétation pourrissante. Elle perd connaissance. Prévoyant la chose, je la soutiens. Faut tout prévoir dans mon job. Je la déshale jusqu'au sol sur lequel la Miss gît, le regard clos, le souffle haletant, émettant de légères plaintes qui passent pour un reliquat de volupté. La jouissance court sur son erre.

S'avance alors vers moi sa potesse Martha (j'sais pas si ça prend un « h » en danois ?). Coquine, elle a tout suivi dans l'ombre propice. Je distingue sa démarche floue, son regard chaviré.

— Oh ! mon Dieu ! fait-elle. Oh ! mon Dieu !... Voilà qui s'appelle mourir de plaisir !

M'empoigne le bigornuche à tête ronde, pourtant peu présentable. Messire continue de faire le chien savant, dressé sur ses pattes de derrière. Martha le pétrit frénétiquement.

— Superbe ! Superbe ! Superbe ! qu'elle psalmodie. Oh ! que c'est beau ! J'en veux ! J'en veux !

Tout en parlant, elle me ranime le joufflu, pas qu'il s'en aille dans les désenchantements et tourne capote flasque.

Femme d'expérience, elle sait les gestes qui conjurent la débandade, les initiatives coups de fouet génératrices de tonus. Si bien que je regagne vite le terrain perdu.

Pour Martha, ça va être une levrette berceuse. Tout en langueur. J'ai ouvert la portière, côté passager, afin qu'elle s'agenouille commodément et prenne appui sur l'accoudoir central. La galanterie française s'exerce en toute circonstance.

Je reconnais le terrain de ma dextre et le trouve déjà balisé. Plus qu'à opérer langoureusement. L'exercice se trouve facilité par le précieux concours de Carola qui, revigorée, me fait langue de velours dans la région de la cage aux folles ; louable entreprise dont je tire un regain d'impétuosité.

***

Il est presque midi lorsque nous atteignons Phuket. J'ai passé le restant du voyage couché sur les deux mini-banquettes arrière, en chien de fusil, la valise par-dessus moi.

Malgré le poids de la Samsonite, j'ai dormi, vaincu que j'étais par mes prestations amoureuses. La fatigue consécutive à la baise est une approche du paradis. Quoi de plus capiteux que cet anéantissement moelleux ?

Lorsque je reprends conscience, j'aperçois une vaste lagune d'un bleu aux reflets d'émeraude sur laquelle évoluent des voiliers miniatures. Des cris d'été, de liesse, de vacances. Les belles gourmandes ont dégagé la valtoche et m'informent que nous sommes arrivés.

J'avise alors un grand hôtel moderne, blanc, avec une étrange décoration de bois verni, de verre fumé et de plantes exotiques géantes. L'établissement se nomme *The Blue Lagoon*. Ces demoiselles ont retenu un appartement depuis Bangkok. Elles me demandent quelles sont mes intentions. Je leur réponds que le pauvre volé que je suis n'a plus les moyens de s'offrir un palace de cette classe. Je vais descendre dans une crémerie modeste et m'acheter des fringues, après quoi je viendrai les visiter si elles sont d'accord.

D'accord ? Tu veux dire qu'elles l'exigent ! Elles me proposent d'habiter le *Lagon Bleu* à leurs frais afin de m'avoir sous la main, offre que je décline. Je chique la dignité masculine, en fait je me dis que, pour habiter un hôtel, il me faut montrer mon passeport. Or, dans la situation précaire que je traverse, ce serait suicidaire.

Je prends le car-navette de l'auberge pour regagner la ville qui, franchement, ne vaut pas un coup de cidre.

A présent, je vais devoir modifier mon *look*. Mon short d'occase commence à puer sérieusement. Ma barbe a poussé, me donnant une touche brigande. Je pourrais tourner un remake du *Cheminot* où s'illustra l'inoubliable Victor Francen, lequel interprétait pourtant plus volontiers les amiraux d'escadre, les châtelains fortunés ou les diplomates en poste à la cour des tsars.

Cette évocation du père Francen me donne l'idée de tailler ma barbe en forme de collier. Un coiffeur plus ou moins indien se charge de la besogne. Son miroir piqueté me pousse à lui faire couper mes crins courtissime, et ça, crois-moi, modifie complètement ma gueule. J'ai l'air d'un officier de la Légion, ainsi trafiqué. Un marchand de vêtements me reconstitue un embryon de garde-robe : deux pantalons légers, l'un blanc, l'autre bleu, quelques chemises à manches courtes, chaussettes, shorts immaculés, mocassins blanc et bleu, sac de sport pour coltiner le tout. Dans une autre boutique, j'achète des lunettes de soleil et, dans une troisième (parfumerie), un rasoir électrique et du fond de teint très brun. Quand, dans une cabine de plage, je me suis changé et enduit de cette « terra cota », Félicie elle-même ne me reconnaîtrait pas sur la plate-forme d'un autobus.

Si Peau Neuve m'était conté !

Trois beignets à haute teneur calorique (avec l'huile qu'ils recèlent encore tu pourrais graisser toutes les voitures d'un T.G.V.) transforment ma faim en envie de gerber.

Je bois un scotch sec en guise de vulnéraire et retourne au *Blue Lagoon*. De loin, je retapisse mes deux créatures de rêve sur la plage, offrant leur académie dénudée à l'impétueux soleil. Le personnel plagiste n'arrête pas de passer devant elles pour se payer des jetons qui vont finir par les énucléer.

Je me rends à leurs chevets, mon sac sur l'épaule, trimardeur de luxe.

— Ça baigne, les naïades ?

Elles bondissent sur leur séant. Leurs beaux visages s'irradient (rose). Elles me mamourent d'emblée, s'extasient sur ma transformation qui me virilise davantage encore. Te dire !

— Il fait décidément trop chaud au bord de la plage ou de la piscine, allons donc nous mettre à l'ombre, qu'elles disent.

Salopes !

Tu sais ce qui leur produit cet effet ? Mon début de barbe. Elles la sentent déjà râper leurs merveilleuses cuisses, ces belles ! Ah ! les Danoises, je te jure ! Elles font passer leur clitoris avant leur mère, dans l'échelle des valeurs.

Elle n'ont qu'une chambre pour deux, mais chouette : vaste et élégante. Je sens que je vais me plaire ici. J'y passerai des nuits enchanteresses, sans avoir à produire mes fafs. L'invité surprise. Locataire de contrebande (si on peut s'exprimer de la sorte). Le principal sera de me montrer discret.

Je dépose mon vademecouilles entre la commode de bambou et la cloison et m'installe dans un fauteuil d'osier tressé pourvu d'un repose-jambes. Une fatigue poignante m'enlève toute énergie. Je voudrais prendre une longue douche à des températures différentes et ensuite me pieuter nu entre une paire de draps frais.

Le climatiseur murmure sa chanson du froid et agite les voilages des deux lits à baldaquin. Tout est vaporeux, clair, agréable.

Je somnole. Quatre mains veloutées se mettent à errer sur ma braguette pour tenter d'établir une tête de pont.

Sir Popoff fait le dos rond ; les mômes le débriment en le laissant prendre l'air. Sans barguigner, y a dégustation des produits de la ferme. A toi, à moi ; re-à-toi, re-à-moi ! Mais pas du bâclé, hein, je t'informe. L'entonnoir à glissière, la toilette du zouave, le défilé des lanciers, le polissage du chinois, le tracé de la reine, la colonne repeinte, la balise diplomatique, la flûte de paon, la trompette de la renommée, tout y passe.

Et je finis par y passer aussi, Carola se mettant à me monter à cru, au grand dam de sa potesse.

Comme le ton monte, je leur fais valoir combien il serait dommage que leur belle amitié cède à une enfilade gratis, d'autant qu'il y en aura pour les deux.

Je n'ai pas le cœur assez grand pour pouvoir aimer deux mamans (chanson sentimentale d'avant la Quatorze), du moins ai-je le paf assez gros pour pouvoir faire reluire deux exquises jeunes filles à poils blonds. Et d'ailleurs, il suffit de prendre des dispositions adéquates, histoire de créer l'harmonie. Devenant metteur en seins, je me déloque éclair et entraîne mes blanches colombes sur le premier des deux lits venu.

Première figure du manuel : Martha allongée sur le plumard, en croix de Saint-André, Carola agenouillée au niveau de ses pinceaux et moi, derrière Carola, pour faire le fourgon de queue de ce charmant petit train. Je ne sais pas si ces deux merveilleuses font du polo sur gazon dans leur intimité, mais elles ne prennent aucune initiative. Moi, à point, je commence à fourrer Carola côté pile, appuyant sur sa nuque de manière à lui imprimer une position propice à mon dessein. Car, en l'eau-cul-rance, plus le postère est dressé, mieux s'effectue l'invasion du Martien.

Notre union se trouvant parfaitement assujettie, j'entreprends un ballet du braque sur une valse anglaise très lente, *Roses de Picardie,* crois-je reconnaître. Mon Dieu, qu'elle aime ça ! Toutes les femmes, il me semble. Et ce sera le titre de cet impérissable chef-d'œuvre : *Mesdames vous aimez « ça ».*

L'inévitable se produit. Etant attablée entre les guitares de Martha, elle part au gigot, que veux-tu. Et pas qu'un peu, mon n'veu ! Pas du bout des lèvres. Yayaïe, c'est de la gloutonnerie ! Elle va écarteler la Martha à force de peser sur ses genoux pour l'ouvrir en plein.

Ah ! non, insiste pas, je t'en dirai pas davantage : on se ferait interdire de séjour dans les librairies. Les ligues du culte viendraient bouter le feu à notre pavillon de Saint-Cloud. Les chouans radineraient à la Maison Poupoule avec leurs fourches pas aseptisées pour m'étriper.

Toujours il soit que Carola déguste sa copine de vagabondage pendant que je lui trognonne le prose. Finie la valse, je viens de passer à un air de csardas, mieux approprié. On ne doit pas gueuler la bouche pleine, mais ma partenaire ne s'en prive pas, malgré son excellente éducation. Et l'autre donc ! Tu dirais que des divas d'opéra font des vocalises pour s'entraîner.

C'est gracieux, bien mieux qu'un film « X ». Les « hard productions » sont tournées, le plus souvent, par des gerces à frime pétasse qui se bouffent la toison d'or en ayant l'air de penser à autre chose. Là, c'est d'une sincérité totale. Les intonations ne trompent pas. On sent que ces dames y vont à fond la caisse !

Au bout d'un moment de ce charmant manège, on modifie légèrement le programme. Elles permutent ! Et ça fonctionne tout aussi bien. Si ça continue, je vais pouvoir aller prendre ma douche tant espérée sans qu'elles s'aperçoivent de mon retrait de la compétition.

Grande leçon de modestie. Nous sommes peu de chose, les hommes.

Fectivement, ayant débigoché pour assurer mon confort personnel, elles optent illico pour le tête-bêche de gala et la Martha laisse aller ses instincts anthropophagiques, ce qui va dispenser Carola de chiquer l'écuyère pour l'écurie Jacob-Delafon.

Ça fait songer au cycle de l'azote, en plus confidentiel.

Pendant qu'elles planifient notre étreinte triangulaire, je réalise mon rêve de douches successives. La salle de bains est d'une vasteté incroyable. Une famille maghrébine s'y installerait à trois générations. Mon dessapage étant déjà fait, je bondis dans le bac à douche et ouvre les grandes eaux jacuzesques.

Une volupté succède à une autre. Je me fais le grand jeu : savonnage mousseux, fourbissage avec la brosse à long manche, jets de plus en plus impétueux, d'abord très chauds, puis décélérants jusqu'à l'obtention d'une fraîcheur revigorante. Essorage, séchage... Dieu qu'il est savoureux de faire le ménage de son corps !

Je saute sans vergogne sur un flacon d'eau de toilette et m'en asperge complètement. Me voici paré pour de nouvelles queutées. Ces deux donzelles constituent l'une des grandes aubaines de mon existence.

Tout fanfareux, je retourne dans leur chambre. Les miss se sont endormies sur le pot-au-feu et ont conservé leurs attitudes *made in* Lesbos (ses oliveraies, ses godemichés, ses langues fourrées princesse).

Elles ont dû orgasmer à s'en péter les rivets, on le devine à leur total abandon. Je m'approche de leur nid d'amour, le métronome déjà en action.

Ma débandade est instantanée, totale et irrémédiable quand je constate que ces deux superbes sont mortes.

Tu as bien lisu ? Mortes !

Un ami de passage leur à tiré, à l'une comme à l'autre, une balle dans la nuque pendant qu'elles se gougnotaient le grizzli.

Le camarade en question devait se déplacer sans bruit, avec un silencieux au bout de sa rapière.

Tu paries qu'elles ont défunté sans s'en apercevoir ? En tout cas, moi je n'ai rien entendu. Il faut dire qu'avec des jets torrentueux qui te cinglent la couenne, tu perds de tes facultés auditives.

Anéanti par la stupeur, le chagrin, l'indignation et tout ce que tu voudras d'autre, je reste les bras ballants et la queue pendante.

Qu'ai-je fait au Seigneur pour qu'Il m'inflige une épreuve aussi terrible ?

Je n'ai pas le temps de trouver une réponse valable à cette épineuse question car voilà qu'on frappe à la porte !

LA CLASSE

Réalises-tu dans quelle fâcheuse posture je me trouve, ô lecteur inconscient, plus futile qu'une bulle ? Traqué tous azimuts, et nu dans une chambre où ont été assassinées deux jolies étrangères que l'illustre Sana a honorées de son pénis et de sa fervente admiration.

Peut-être ai-je connu de plus grandes alarmes ? Mais c'était alors dans des cauchemars issus de galimafrages trop alcoolisés.

Je me dis que la porte n'est pas fermée à clé puisque le meurtrier vient de se carapater, et qu'on va ouvrir. Alors, n'écoutant que ma courge (qu'est-ce que je débloque, moi ! je veux dire : n'écoutant que mon courage) je me glisse derrière le double rideau de la fenêtre, que ça représente des oiseaux de couleur à longues plumes de saint-cyrien.

Fectivement, après une seconde salve de toc-toc, on délourde. A travers une fente des rideaux, j'aperçois un serveur thaï tenant un plateau lesté de verres de jus de fruits sur le plat de la main.

Impressionné par la nudité et la posture lascive des Danoises, il s'arrête. Regarde avec l'avidité qu'on peut attendre d'un mâle, fût-il membré comme un escargot ; puis il réalise la scène, émet un couinement de rat musqué et le Thaï se taille non sans avoir largué le plateau sur la moquette.

Frégoli était un rhumatisant podagre, comparé à moi ! Enfiler slip, bénoche, limace, pompes, ne me prend que quatre secondes deux dixièmes. Je suis dans le couloir. Le serveur continue de glapir dans les étages.

Une porte s'ouvre et un vieux birbe en bermuda, chaussettes grimpantes et polo blanc montre sa tronche mathusalémique. Sans hésiter, je lui bondis sur la coloquinte, le refoule d'un coup d'épaule qui l'envoie déguster le tapis de sa piaule, y pénètre et lourde au verrou. Une jeune femme en soutif et petite culotte qui se passait de la crème solaire devant sa coiffeuse volte et s'écrie, en français authentique :

— Mais qu'est-ce qui se passe ?

— Je suis victime d'un malentendu, ma puce, et je dois coûte que coûte m'en sortir ; je crois comprendre que vous êtes française, je le suis également, nous nous devons aide et assistance.

Tout en jactant, j'aide pépère à se relever. Il est un peu traumatisé par sa chute et la trouille que je lui inspire. Il halète et ses soufflets font un bruit de papier-cul froissé pour obtenir l'adoucissement requis par de vieilles hémorroïdes qui n'en peuvent plus !

— J'ai l'impression de vous avoir déjà vu quelque part, note la femme qui ne me lâche pas de la prunelle.

— San-Antonio ! annoncé-je en puisant dans ma modestie.

Elle s'écrie :

— Mais oui ! Ça alors, si je m'attendais à vous rencontrer à Phuket !

— Avec moi, il faut s'attendre à tout, ma chérie.

— Vous avez des ennuis ?

— Je n'ai jamais rencontré de terme plus faible pour résumer une situation aussi grave ! assuré-je. Disons que je suis plongé jusqu'aux narines dans une fosse tellement septique que je n'arrive pas à y croire !

La fille peut avoir de vingt-huit à trente ans. Elle est petite, brune, très convenablement roulée, avec un regard malicieux.

— Vous êtes en vacances ? lui demandé-je pour dire de dire.

— En voyage de noces.

Je les regarde, elle et le barbon, d'un œil incrédule.

— Le duc de Verygoodthankyou, murmure-t-elle.

— S'il est vrai que Mathusalem soit mort à 969 ans, votre époux en a au moins 970, ricané-je.

— Plus ! fait-elle en riant. C'est pas un lot, mais c'est une affaire. J'étais sa manucure à l'hôtel *King George*, il est tombé amoureux de moi et m'a demandé de l'épouser. Rassurez-vous : il ne parle pas le français.

En anglais, elle explique au vioque que je suis un policier français célèbre à Paris, mais que ses confrères thaïs persécutent.

On perçoit un fameux barouf, maintenant, à notre étage. Je sais bien que l'assassinat des Danoises a pour but de me coincer. Désormais, on me flinguera à vue et les pandores du cru n'auront pas à se gêner !

— Ils vont probablement venir ici, préviens-je. Peut-être demanderont-ils à visiter votre suite.

— J'ai une planque pour vous, San-Antonio.

Elle m'entraîne dans le dressinge et m'indique un gigantesque tiroir au bas de la penderie, le tire. Il contient des couvertures et oreillers de rechange.

— Vous pouvez entrer là-dedans, non ?

— Sans problème, ma petite fleur de France.

— Je m'appelle Laura.

— J'adore. Vous êtes sûre que votre fossile du crétacé inférieur tiendra sa langue ?

— Vous charriez : un Anglais ! Et amoureux fou ! Il m'obéira sans problème.

Juste à cet instant, on frappe.

Chapeau, pour Adrian (le mari de Laura). Il se montre gentleman jusqu'à ses cors aux pieds. Se fâche même quand un poulet niac lui demande si un homme est entré chez lui. Son sang bleu ne fait qu'un tour. Duc de Verygoodthankyou, vous permettez, jeune homme ! Vous l'imaginez, accueillant un malfaiteur ? Mais mes aïeux qui étaient apparentés à Aliénor d'Aquitaine sortiraient du tombeau familial en entendant ça ! Heureusement qu'ils reposent de l'autre côté de la planète des singes !

En deux répliques, le danger est conjuré. Je le jure ! Laura me délivre.

Je vais remercier Sa Grâce le duc, pour sa précieuse, son inestimable coopération. J'entreprends de résumer à mes « sauveurs » les péripéties que j'ai eu l'insigne honneur de te bonnir. Je leur raconte Annie Versère (sans mentionner son absence de culotte), sa sœur Rose et son julot, le directeur littéraire des Editions du Perron. Ma venue à Bangkok pour les chercher, ce qui en a découlé. Je conclus en leur disant que, tout directeur de la police parisienne que je sois, si on me retrouve, ce sera pour me zinguer sans trop de sommations.

Ils me demandent ce que sont mes projets.

— Je n'en ai qu'un seul, mais d'importance, réponds-je : tenter de vivre encore un certain temps.

Laura pense que le plus simple est de me planquer dans leur appartement durant quelques jours, histoire de laisser les choses se tasser. Il faudra faire attention aux femmes de chambre, mais nous trouverons bien le moyen de me soustraire à leur curiosité quand elles viendront faire le ménage.

Je les remercie, les yeux humides de reconnaissance. S'il y a beaucoup de fumiers sur notre boule bleue, on y rencontre parfois des gens de cœur.

Le duc Adrian nous laisse peu après, pour aller *player* au tennis. Vu son âge, il ne joue plus qu'en double et il a rendez-vous avec trois autres cacochymes de son tonus pour échanger des balles mollassonnes. Ces messieurs se ménagent et, loin de se feinter, jouent aux pieds de l'adversaire. On a les balles de ses artères.

— Vous voulez boire quelque chose ? demande Laura. Le duc ne voyage jamais sans son pur malt de 30 ans d'âge.

— Je ne suis pas fana de whisky, jolie Laura.

— Alors un petit coup de mon bordeaux ?

— Volontiers.

Elle nous sert. Ma pomme, après le second verre, une sorte d'obscur chagrin me chope en pensant aux deux petites Danoises trucidées. C'est à cause de moi qu'elles sont mortes, ces ravissantes friponnes. Va falloir faire gaffe à mes nouveaux hôtes, surtout éviter de les compromettre.

— Vous semblez bien tristounet ? remarque la duchesse de Belleville.

— Ne craignez-vous pas que je vous entraîne dans de funestes mésaventures ?

Elle s'écarquille la prunelle.

— Non. Pourquoi ? J'ai confiance en vous.

Charmante femme. Notre promiscuité me trouble ; pourtant j'ai beaucoup donné. Mais je marche à l'ambiance. De me trouver en tête à tronche avec Laura me fait friser la peau des vestibules. Des dessous mutins traînent sur des dossiers de chaises, qui m'embrasent le sang dans les conduits. Chasse tes convoitises impures, Sana. Tu ne vas pas encorner un hôte aussi aimable, qui te sauve la mise avec tant de spontanéité !

Je cueille, sur la table basse, une brochure consacrée à Phuket, éditée par le tourisme thaï. Elle nomenclate les hôtels du pays. Ça me déclenche une chouette idée.

— Laura, que je fais, vous allez me trouver odieux, mais je voudrais solliciter de vous une aide nouvelle.

— Avec plaisir, répond-elle sans hésiter.

Je lui tends l'opuscule dei.

— J'aimerais que vous téléphoniez à la réception de chacun des hôtels de Phuket en demandant si M. Trembleur et Mme Déprez y sont descendus.

— Facile ! dit-elle.

La voilà qui s'installe devant l'appareil bigophonique, ma brochure en main. Elle commence par appeler le premier de la liste et continue en cochant au fur et à mesure le nom de l'établissement contacté. J'écoute en mordillant les petites peaux mortes cernant mes ongles, ce qui est, chez moi, un signe de forte nervouze.

Laura déballe à chaque interlocuteur le même baratin. Sachant que des amis à elle devaient passer quelques jours à Phuket, elle aimerait les retrouver, etc.

Partout, la réponse est négative.

Lorsqu'elle a terminé son tour de piste, elle m'adresse une mimique désolée. *Nada !*

— Tant pis, la consolé-je.

Et je viens prendre place auprès d'elle sur le divan. Elle porte un short *very short* qui révèle ses cuisses brunes recouvertes d'un fin duvet blond, surprenant, non ?

Tu penses que je devrais me retenir d'y poser ma main ? Oui, n'est-ce pas ? Moi aussi. Alors pourquoi la posé-je tout de même ? Pourquoi mes doigts entreprennent-ils un massage caressant ? Quel diable les pousse à s'insinuer entre l'arbre et l'écorce ? Entre le short et la cuisse ? Progressivement, jusqu'à effleurer sa chatte aux rivages frisés ? Hein, dis, pourquoi ? Suis-je donc goret jusqu'à ce point de non-retour ? Quelque part, deux admirables filles que j'ai fait jouir commencent à se minéraliser dans les roideurs de la mort, et ma nature dégueulasse m'entraîne à séduire l'épouse d'un Anglais d'élite (ce qui est tellement rare !) dans la pièce contiguë à celle du drame ! Abjection, Votre Honneur ! Ce forfait me rend malheureux. Je me comporte en renégat de la dignité humaine. Ah ! triste salaud, voyou lubrique, comment rachèteras-tu tant de vilenies, et à quel prix, homme insalubre, chacal insane ?

— Je vous demande pardon, balbutié-je, éperdu de confusion, mais je ne peux m'en empêcher.

— Je vois, répond Laura en dégrafant son short.

Comme je lui suis reconnaissant de partager ma honte ! Quelle femme remarquable ! Et quelle baiseuse ! Une causeuse ! Qui narre sa vie sexuelle en prenant du chibre. Qui laisse se dévider ses souvenirs. S'en grise, s'en dope !

— Oui, vas-y ! Fourre ! J'ai connu un camionneur deux fois plus membré que toi, sans te vexer ! Je faisais tu stop. Il m'a fait grimper près de lui et m'a prise dans son camion. Un pinardier ! Il puait comme un bouc ! C'était super ! J'ai cru, quand il m'a sodomisée, qu'il allait me faire éclater la bagouze ! Je suis restée deux jours sans pouvoir m'asseoir. Et la fois où ils étaient quinze ! Des rugbymen ! Toute l'équipe ! J'adore le rugby : c'est un jeu si viril ! J'avais seize ans et j'étais venue dans les vestiaires leur demander des autographes. Les salauds ! Tu parles d'un début ! Oui, plus vite, Santantonio, fais-moi fumer les miches. Griffe-moi les fesses ! Plante tes ongles, n'aie pas peur ! Quoi, le duc ? Il me fait sabrer par son maître d'hôtel quand on va en Ecosse. Un voyeur, le vieux. Un pourlécheur ! Chaque âge a ses plaisirs ! Oh ! dis, tu as de drôles d'initiatives ! Tu mérites ta réputation, grand tringleur. C'est chouette de se faire miser avec un doigt dans le fion et une langue sur les mamelons. Continue comme ça, je vais démarrer. Ah ! Y a que les Français pour vous enfiler aussi somptueusement. C'est aux petits détails qu'on les reconnaît. Le doigt dans le cul, c'est la classe ! J'ai comme envie d'entonner *la Marseillaise !*

LES IDÉES DU DUC

Ce que j'estime assez exceptionnel dans mon cas, c'est que, plus ma position est critique, plus je trouve des occasions de me vider les burnes, à croire que le désespoir de ma situation est générateur de coups de bite. Ce qui t'indique à quel point la Providence m'a à la chouette pour m'approfusionner ainsi en compensations charnelles.

J'entends la môme Laura qui opère un petit canter sur son bidet. Chouette gosse, aussi peu apte à devenir une duchesse britannique que moi à remplacer au pied levé ce grand glandeur de prince Charles ; encore que si tu me confiais la mère Diana, j'en ferais un meilleur usage que sa pomme ! Huit jours avec moi et elle largue ses langueurs, la pauvrette, son teint d'endive, son anorexie et ses grands chapeaux à la con. Leur orgueilleuse royauté, aux Rosbifs, va périr par le divorce.

Jadis, les princes, on les mariait quand ils étaient encore sur le pot et la dynastie suivait son petit monarque de chemin. Maintenant qu'on les laisse contracter des mariages d'amour, c'est la Berezina. Regarde ces pauvres Windsor, depuis la Margaret, toutes ces faillites matrimoniales ! Qu'un de ces quatre, la Couine Elisabête (et méchante) elle-même va quitter son duc d'Edimbourg qui finit par se momifier, à toujours marcher à un pas d'elle, les mains dans le dos pour pouvoir flatter les couilles du mec qui le suit de trop près. Edouard VIII qui a cassé la cabane en abdiquant pour la Simpson. Il a donné le fâcheux exemple à ses nièces, petits-neveux et à toute la sainte *family*. Dorénavant, ça bordélise à Buckingham, les palais crament, les princesses taillent des pipes en public. Où ça va, ça? que demandait toujours Francisque.

Laura revient en essorant ses moustaches australes. Toute joyce de la belle troussée réconfortante.

— Des mois que je ne me suis pas envoyée en l'air comme ça, m'assure-t-elle en m'offrant ses vraies lèvres pour le baiser au vainqueur.

Tout en dégustant sa menteuse, je réfléchis, car le soleil brille toujours sur mes méninges, comme sur les Etats de Charles Quint, autrefois.

— Chérie, dans votre tournée des hôtels, avez-vous appelé le vôtre ?

Elle reprend sa menteuse vivement pour déclarer :

— Il fallait ?

— C'est un hôtel de Phuket, non ?

— Bien sûr, quelle linotte !

Et illico de sonner la réception pour placer son compliment au préposé.

Eblouissement total ! Féerie thaïe ! Feu d'artifice. Au bout de trois minutes, l'employé répond par l'affirmative.

En effet, M. et Mme Trembleur ont passé quatre jours et cinq nuits dans l'établissement. Ils venaient de Bangkok à bord d'une limousine de louage avec chauffeur et sont repartis par avion pour Kuala Lumpur.

Il est même en mesure de préciser qu'ils ont fait retenir une chambre à l'hôtel *Nasi Briani*. En apprenant cela, ma joie éclate comme un pétard du 14 Juillet et, pour témoigner ma gratitude à mon hôtesse, je lui fais minette, ce qui n'a rien de désobligeant.

Une paire de cuisses en guise d'écouteurs atténue ta perception auditive, c'est pourquoi je n'entends pas s'ouvrir la porte de l'appartement, si bien que je suis confus de découvrir le duc en sueur, s'épongeant le torse avec un linge-éponge sans perdre une miette de ma prestation.

— *Very well!* me lance-t-il joyeusement, voilà du joli travail, *my dear.* J'adorais cette pratique avant mon asthme, mais il en résultait des crises d'étouffement fort pénibles car les poils pubiens me provoquent de l'allergie. Le grand âge est une plaie hélas inguérissable. Désormais, je dois me contenter de faire l'amour à ma jeune épouse avec les doigts. L'homme trouve toujours une forme de compensation à ses misères.

L'éminent noble nous laisse pour aller prendre une douche réparatrice. Au passage, il se permet une privauté avec Laura en promenant sa main décharnée dans ses plis intimes pour, ensuite, lui adresser de fougueux baisers de celle-ci.

— Exquis bonhomme, assuré-je à la dussèche humide.

— Un amour ! amplifie-t-elle.

Elle soupire, heureuse :

— Vous m'avez comblée !

— C'est extrêmement réciproque, ma chérie. Vous appartenez à cette sublime espèce de femmes dont la vue m'excite et la peau m'embrase. Vous avez la faculté de rendre mes performances sexuelles inépuisables. Maintenant, puisque, décidément, vous n'êtes pas seulement ma maîtresse, mais, de surcroît ma collaboratrice, accepteriez-vous de téléphoner à l'hôtel *Nasi Briani* de Kuala Lumpur afin de savoir *quid* du couple Trembleur ?

— Avec plaisir. Vous pouvez tout me demander.

— Vous m'avez déjà tout donné, je n'attends plus de vous que le superflu.

Pendant qu'elle accède à ma requête, comme on dit puis à Bourgoin-Jallieu, à Four, à Saint-Chef-en-Dauphiné et même jusqu'à La Tour-du-Pin, crois-je savoir, je mate le parking où la tire décapotable des deux infortunées Danoises est sagement remisée. Il me pousse alors une remémorance dont j'entends tirer profit.

Attends un peu, ça va viendre.

Le clic ! du téléphone raccroché, Laura m'apprend qu'après quarante-huit heures de séjour à l'hôtel *Nasi Briani*, la frangine d'Annie Versère et son tringleur ont disparu sans laisser de trace. Ils n'ont pas payé leur note et ont abandonné leurs bagages, vêtement, bijoux et passeports. La direction du palace a alerté la police malaise, mais cela n'a donné aucun résultat. Ce qui revient à dire que mon inquiétude à propos de ces deux touristes français s'est seulement transférée de Thaïlande en Malaisie.

Drôle de micmac, *indeed !*

— Vous avez tout de même progressé dans vos recherches, me fait valoir l'exquise Laura.

Elle caresse mon entresol trois-pièces.

— Je sens que vous avez encore des choses à me réclamer, mon beau San-Antonio.

— En effet, et je pense que ce sera la dernière, obligeante amie.

Je l'entraîne vers la fenêtre et lui désigne le parking.

— Apercevez-vous cette voiture décapotable blanche, à l'ombre de la haie de bambous ?

— Eh bien ?

— Dans le dossier du siège passager, se trouve une poche à soufflet ; dans cette poche il y a un pistolet. Prendriez-vous le risque d'aller le récupérer ?

— Il est à vous ?

— Il appartenait à un vilain bonhomme qui entendait me trucider et je m'en suis emparé. J'en possédais un autre, mais il est resté dans la chambre des deux filles. Or, par les temps qui courent, être armé constitue une sécurité.

Elle ne dit rien mais prend son sac de plage et quitte la suite.

Que de chance ai-je dans mon infortune ! Comme il est bon de trouver des êtres secourables lorsque l'adversité vous cerne. Cette petite Laura et son vieux duc moisi me réchauffent le cœur. Ils m'accordent si spontanément le couvert et le gîte que j'en suis ému plein partout.

Je suis du regard le déplacement de Laura à l'extérieur. Elle marche en direction du parking, son sac à l'épaule, avec nonchalance ; feint d'admirer la voiture, se penche dessus. Comme elle se tient de dos, ses gestes m'échappent, mais je devine leur prestesse. Le sac, d'une épaulée, passe devant elle. Et hop ! l'arme est engourdie.

Laura se met à admirer une Bentley, proche du cabriolet ; puis une Mercedes 600 identique à la mienne. La reverrai-je un jour, ma somptueuse tire acier métallisé, aux coussins de cuir noir ? Si je suis buté en cours d'opération, ma Félicie la revendra plus tard, et comme elle n'est pas douée pour les affaires, se fera empailler de première. Mais qu'importe les objets qui nous survivent ? Ils dérivent au fil du temps, comme des arbres arrachés par une crue dérivent au fil du courant.

Ne nous attachons pas aux choses matérielles. Elles ne constituent que des hochets dont elles possèdent la précarité.

***

Elle dépose fièrement le feu sur la table. Pour elle il s'agit d'un trophée. Elle a eu peur d'effectuer ce larcin car elle est pâle sous son hâle et ses mains tremblent un peu.

Je retire le chargeur. Il contient quatre bastos. Pas de quoi attaquer la diligence d'Oklahoma City ! Enfin, c'est toujours ça !

Le duc réapparaît, superbissime dans une espèce de kimono dragonnesque. Les veines bleues qui escaladent ses vieilles jambes dans un mouvement hélicoïdal, ressemblent aux minces troncs de lierre qui dégradent une maison. Ce vieux gus est intemporel et risque d'être enterré par inadvertance, un jour qu'il fera une sieste trop prolongée.

Il se sert un doigt de son pur-malt-trente-ans-d'âge, m'en propose. Je refuse, alléguant que je dois rester sobre pour jouir pleinement de mes facultés en cas de coup dur. J'ajoute que je ne veux pas abuser de leur hospitalité et que demain, peut-être cette nuit, je partirai.

— Très dangereux ! objecte le bonhomme.

— Certes, mais je ne vais pas m'incruster dans vos vacances ; et puis l'immobilisme n'a jamais fait progresser une enquête.

— Où comptez-vous vous rendre, *my dear?*

— En Malaisie, *my duke.*

— Hum, *dangerous ;* on dit que la frontière est très surveillée.

— Il faut bien que je la franchisse, cependant. Mon propre salut est à ce prix.

— A votre place, intervient Laura, j'attendrais quelques jours pour que les choses se tassent.

Coquine ! Elle parle avec les lèvres de sa chatte, tu penses. Pas pour me vanter, mais si elle est ma belle aubaine, je suis pareillement la sienne ! Maintenant qu'elle a tâté de ma bonne bitoune, elle n'a pas envie de retrouver son ramadan habituel.

— Je vais voir, éludé-je.

Son regard de femelle en manque me balance de pressants S.O.S.

— Je pense que, pour commencer, je dois me procurer des vêtements féminins, dis-je. Si je parviens à bien me travestir, je pourrai sortir sans trop de danger.

— *Well ! well ! well ! well !* fait par quatre fois Sa Seigneurie. Que voilà donc une excellente idée. Vous permettez ?

M'ayant saisi le coude, il m'entraîne jusqu'au dressinge et contemple notre double image dans la glace en pied.

— Exactement la même taille ! jubile le cher homme. Par contre vous êtes plus fort que moi. L'âge m'a desséché.

— Pourquoi dites-vous cela, monseigneur ?

— Parce que c'est moi qui irai acheter les vêtements féminins, en tenant compte de notre différence de corpulence. Pour ne pas donner l'éveil, je dirai aux marchands que je vais assister à un bal travesti organisé par l'hôtel ; et d'ailleurs, ces gens s'en moquent. Pour eux, l'essentiel est de vendre.

— C'est trop de bonté, monseigneur !

— Appelez-moi Adrian !

— Je ne me permettrais pas.

Il hausse les épaules, l'air de signifier qu'une telle réserve est passée de mode.

— Et attendez, mon garçon ! s'exclame-t-il, rayonnant comme une roue de vélo au soleil. Attendez. Il me vient une idée qui justifie la vôtre. Pour voyager, vous prendrez le passeport de ma douce Laura.

— Grand Dieu, et que fera-t-elle ?

— Vous le lui renverrez, une fois la frontière franchie !

— Et si je me fais prendre ?

— Elle ne sera pas la première touriste à qui l'on a dérobé ses papiers. Nous porterons plainte. Mon plus jeune frère dirige le Foreign Office, c'est un coup de téléphone à lui passer !

— Mais je ne ressemble pas à Mme la dussèche !

— Vous essaierez ! Dans les émissions satiriques de la télévision, on imite la tête de n'importe qui !

— Je suis plus âgé qu'elle.

— Vous vous rajeunirez ; d'ailleurs les douaniers sont niais sous toutes les latitudes !

— C'est vous qui le dites ; j'en connais de très avisés.

— Parce que vous et moi ne fréquentons pas les mêmes. Maintenant, cessez vos objections, *my sonny*, nous avons mieux à faire !

ÇA SE COMPLIQUE

Une fois revêtu des fringues achetées par le duc, je suis une femme très bien. Rasé de près, avec un bon fond de teint très épais, les lèvres carmines, les sourcils épilés de façon désopilante, les seins rebondis, je peux te jurer, sans forfanter, qu'entre Mme Simone Veil et moi, un Bédouin n'hésiterait pas : c'est ma pomme qu'il embarquerait sous sa tente.

Laura a les larmes aux yeux, de mon départ. Dans le courant de la nuit, presque au petit matin, elle m'a rejoint au salon pour me turluter le pistolandier ; mais les sentiments l'emportaient sur le désir et cette suave manigance avait un côté mélanco, du genre : « Voulez-vous la revoir une dernière fois ? » Rien de plus triste que le sentiment amoureux quand une séparation, probablement définitive, s'impose. Pour lui laisser un souvenir plus durable, je lui achève les délices d'un bon coup de rapière dans le fignard, ce qui la fera renoncer à sa leçon d'équitation de demain.

Il est dix plombes quand on avertit Sa Seigneurie que la limousine est avancée. Le sir a décidé de m'accompagner à la frontière et il est tout guilleret, le vieux, joyce en plein de participer à une action d'éclat.

Nous sortons le plus subrepticement possible, moi avec un foulard d'Hermès noué sur la tête.

— Prenez le volant, *my dear*.

Et il m'avoue être miraud à quatre-vingts pour cent. D'où je conclus que, pour jouer au tennis, il utilise des ballons de foot en guise de balles, ou alors que le tamis de sa raquette est grand comme une parabole collective d'antenne T.V.

Je m'installe à la place du conducteur. La tire est une robuste Mercedes de dix ans qui n'a que six cent mille kilomètres au compteur, mais on a peut-être bricolé ce dernier pour la rajeunir, beaucoup sont rétifs à l'âge !

Sa Grâce a fait l'emplette d'une carte routière que j'ai soigneusement potassée. Nous empruntons, au sortir de Phuket, la route Râma IV. (Monarque couronné en 1851 et qui eut 82 enfants, bien qu'ayant vécu 27 ans dans un monastère. Par contre, Râma VII, son descendant, institua la monogamie et n'eut pas d'enfant, ce con, comme quoi il devait bander comme un bol de mayonnaise et voter ce décret pour cacher la merde au chat. C'est bonnard d'être *king*. Quand tu es Louis XIV et que tu as une loupe grosse comme un œuf d'autruche sur la tronche, tu institues le port de la perruque, et quand t'es niqué du calbute, tu optes pour l'épouse unique qui portera seule la responsabilité de la stérilité.)

On remonte un tantisoit pour rallier Phang Nga, que n'ensuite on redescend sur Krabi d'où l'on domine la mer d'Andaman. Des plantations d'hévéas composent un clair-obscur végétal. Elles succèdent à des espaces complantés de cocotiers. Il fait doux. Le duc est disert. Il me raconte sa vie de diplomate, les réceptions à Buckingham, ses aventures avec de jolies diablesses. C'est le vieil Achille, sauce anglaise (ketchup) que j'ai l'impression d'entendre.

Deux heures plus tard, nous atteignons Songkhla, sur la côte du golfe de Thaïlande. Le duc a les crocs et veut qu'on s'arrête pour tortorer. On dégauchit un restaurant sympa, en bordure de la mer. Menu : poisson cuit à la vapeur, dans un panier tapissé de feuilles de bananier, curries de bœuf et de poulet au lait de coco, sournoisement pimentés. Il va fumer des émeraudes, mon pote Adrian !

C'est la fête du pays et un concours de cerfs-volants est organisé le long de la plage. Des dragons hideux, des perroquets aux couleurs criardes, des divinités aux grands yeux verts en amande s'élèvent haut dans le vent du large. Une musique thaïe, aux fortes percussions, fait résonner la ville.

— Il doit y avoir des combats de poissons, me déclare le duc. Ça vous amuserait ?

— Cette attraction est sûrement d'un grand intérêt, merveilleux ami, mais je ne vous cache pas que j'ai hâte de passer la frontière. De m'en sentir si proche me flanque des palpitations.

— Dommage, déplore Sa Seigneurerie croulante ; la lutte de deux plaa kat est fascinante. Ces poissons combattent jusqu'à la mort de l'un d'eux ; duel d'un rare raffinement puisqu'il consiste à noyer l'adversaire en bloquant son système respiratoire !

C'est marrant, on ne pense jamais à la noyade comme mode d'exécution pour un poisson, mais dans cette Asie mystérieuse, les coups les plus surprenants sont permis.

Pépère me demande encore de lui laisser le temps d'écluser son scotch privé. Après chaque repas, la potion magique lui assure une digestion de rêve. Il se lève pour l'aller quérir dans la tire, je lui propose de m'y rendre à sa place, mais le bon vioque se récrie :

— Depuis quand sont-ce les *ladies* qui vont chercher le whisky de leur époux, noble dame ?

Sa réplique l'amuse énormément : rien de plus facétieux qu'un vieux lord britannouille légèrement gâtouillard et plein de scotch jusqu'aux paupières.

Le dabe se lève pour gagner la place voisine où est remisée notre limousine. Il marche droit, avec une certaine raideur. Allure compassée d'homme qui fut désœuvré tout au long de son existence et qui est passé maître dans l'art subtil de ne rien faire.

Brave type, pour un Anglais ! Laura, ma charmante compatriote, a eu la main heureuse. C'est chouette, quand tu es shampouineuse, de lever un vieux crabus plein de Rolls et de châteaux, qui te comble d'artiche et de cadeaux et raffole te voir tirer par un balèse chibré cosaque. C'est le Père Noël en kilt, ce lord !

Le loufiat couleur coliques vertes passant à portée de mes exigences, je lui réclame un second caoua. Dans moins d'une heure, pour peu que le petit Jésus y mette du sien, nous franchirons la frontière malaise ; alors je serai sain et sauf et pourrai me consacrer librement à la recherche de mes compatriotes disparus. L'imminence du salut me colle des picotis dans le fondement. C'est précisément pour conjurer cette démangeaison mal placée que les vieux Chinetoques se laissent pousser l'ongle de l'auriculaire (qu'on appelle chez eux l'auriculier). Par la même occasion, ils l'utilisent également pour se butiner les cages à miel.

Tandis que je touille mon caoua, voilà un Jaune saboulé milord, rutilant à bloc dans un costar de soie épinard. Il est coiffé à l'huile d'arachide et cache les bouffissures naturelles de ses paupières derrière des lunettes grandes comme des hublots de navire de plaisance.

Il appuie familièrement ses paumes sur ma table et murmure dans un anglais qui ne fera jamais oublier celui de Shakespeare :

— Me permettez-vous de vous offrir un verre ?

C'est le galantin pour « touristes esseulées » à l'affût d'un coup ou d'un sac à main à tirer. Il doit engourdir les diams de la charcutière de Charenton plus volontiers que sa culotte.

Je m'apprête à l'envoyer au hammam lorsque mon attention est mobilisée par un incident très déplorable.

Une voiture de couleur caca d'oie vient de stopper à la hauteur de lord Verygoodthankyou et deux vilains messieurs l'abordent : des mecs que s'ils interpellaient une vache pleine elle se mettrait à vêler de saisissement.

Moi, l'héroïque Sana, ni une ni deux. Je hèle le loufiat et d'un signe péremptoire lui enjoins de me donner la douloureuse. C'est le genre d'établissement où l'addition c'est juste un nombre écrit par le serveur sur la nappe en papier.

Douiller la douloureuse ne me prend pas plus d'une minute. J'abandonne, pour cause de précipitation, un pourboire qui va permettre au serveur d'acheter enfin une jambe de bois à son grand-père, victime d'un crocodile.

Le bellâtre aux larges lunettes fumées regarde ma fraîche comme si c'était Bernadette Soubirous en tournée d'apparitions.

Je me lève, il me suit.

Vitos, je moule le restau. Là-bas, l'Anglais est de plus en plus aux prises avec les deux méchants qui n'ont pas l'air décidés à lui proposer des photos suggestives. L'un des deux vilains a pris un talkie-walkie dans sa tire et jacte à toute vibure. Je l'entends d'ici. Le second examine les papiers de mon brave vieux lord ; pourtant, il n'a pas l'air d'un policier.

Dans les cas graves, je prends, presque à mon insu, des décisions fulgurantes.

— Où allons-nous ? demandé-je à mon suiveur, en féminisant ma voix et en entrouvrant mes lèvres peintes pour une promesse dévergondeuse.

Il sourit sous ses hublots de bathyscaphe.

— Vous voulez amour ?

— Oh ! que *yes, my dear, very* beaucoup, plize.

Et de me cramponner à son aileron de requin, sans trop lui faire sentir la fermeté de mes doigts à travers sa manche.

— *Come with me !*

— Jusqu'au bout du monde, mon chéri, et même plus loin si on a rétabli la route pour la planète Mars.

Il me drive dans un quartier pauvre. De temps à autre, je me retourne, à la dérobade, pour tenter d'apercevoir Sa Seigneurie. Ses bidons n'ont pas l'air de s'arranger. Les deux vilains le forcent à grimper dans leur tire et l'emportent. M'est avis que ça a été moins cinq pour ma pomme. Est-ce lâche de me carapater sans plus m'occuper du lord ? Mais que pourrais-je tenter de raisonnable ? Avec ses appuis, il s'en sortira sans trop de mal. Je me dis cela pour colmater les brèches de ma conscience mais, soit dit entre nous et l'arc de triomphe du Carrousel, je le sens mal barré, avec des brigands comme ceux auxquels j'ai affaire.

Mon « séducteur » s'engage dans une venelle sanieuse, dont le sol est fait d'une fange malodorante où des canards pas encore laqués barbotent voluptueusement. Cette voie étroite est bordée de masures déglinguées. On aperçoit des vieilles édentées ; quelques moutards guenilleux, sans culotte, au sexe pas plus gros qu'une noix de cajou, pleurent de misère dans la gadoue puante. Univers désolé ; monde en perdition ; disgrâce originelle. Chaque fois, n'importe les circonstances, qu'il m'arrive de plonger dans la véritable détresse, j'éprouve un sentiment de rébellion et une désespérante colère. J'ai envie de hurler « Pourquoi ? Mais pourquoi donc ? » Et puis je la ferme, de crainte que Dieu ne me réponde pas.

C'est à peine imaginable, mais une sente s'ouvre dans la ruelle en question. Une vieille femme fume la pipe, assise sur son seuil. Elle n'a plus d'âge. Tu me la fourguerais pour deux cents ans, je te répondrais banco. Son regard bridé est complètement clos et sa bouffarde semble se consumer toute seule entre ses lèvres inexistantes.

Mon cicérone passe devant elle, sans un mot, et pénètre dans la bicoque suivante. J'en fais autant. Imagine une cahute en tôles prélevées dans de vieux bidons rouillés. On y a aménagé un âtre en briques. L'endroit ne prend la lumière que par la porte et un vague fenestron. Sur le sol : deux nattes de paille tressée. Contre les parois, quelques caisses accumulées tiennent lieu de placards de rangement et quelques clous de porte-hardes. C'est tout.

Le Jaune referme la lourde tant mal que bien. Elle ne comporte ni serrure ni verrou, juste un coin de bois qu'on bloque du bout du pied.

Cela fait, il ôte ses lunettes (en attendant mieux). Charogne ! Il a intérêt à les garder sur son moignon de blair. C'est pas un homme mais un orang-outan !

Imagine des sourcils proéminents, un regard très enfoncé et indiscernable, des pommettes que je ne pensais pas aussi saillantes. Pour un peu, il me flanquerait les chocottes, cet anthropoïde.

Un sourire épouvantable tord sa bouche.

Il avance sur moi ses deux paluches courtes et épaisses qui font penser à deux crapauds d'une espèce inconnue.

— *You ve'y nice !* zozote-t-il.

Alors là, je craque.

Il dérouille un « une-deux » à la face avant de piger ce qui lui arrive, puis un crochet au menton capable de fêler une plaque d'égout et, pour terminer brillamment cette série, un coup de genou dans ses minuscules roustons qui doivent ainsi lui remonter jusqu'au sternum.

Voilà qui s'appelle avoir son compte. Le « séducteur » est étendu sur une natte en émettant un râle sourd, d'autant plus pénible à exhaler qu'il se sert de son nez aplati pour ce faire.

Je reprends mon souffle en le regardant gésir. Ma main me fait souffrir parce que j'ai mis trop de conviction dans cet emplâtrage express. Pourvu que je ne me sois pas cassé quelque chose... Je remue les doigts, puis le poignet. J'ai mal, mais ça fonctionne.

Alors, utilisant les miséreuses ressources de cette bicoque, j'entreprends de ligoter mon « Roméo ». Un gentil bâillon pour conclure. Le voilà absolument inoffensif.

N'ayant rien de mieux à faire pour l'instant, je m'allonge sur la seconde natte, pense un grand coup à ma Félicie et m'endors à couilles rabattues.

LE RUBAN

Les geignements porcins de mon voisin de natte me réveillent. Il est en train de s'escrimer sur ses entraves, le bougre, et ce sont ses efforts qui provoquent les grognements en question.

Je me dresse à genoux pour le regarder ; la faible clarté qui tombe des étoiles et se coule par le lucarnon me montre mon « amoureux », déjà maître de ses jambes, en train de frotter les liens de ses poignets contre une aspérité du foyer. Mais avant qu'il en ait eu raison je l'ai tiré en arrière.

Ce mec n'est pas un brigand, car n'importe quel malfrat, ayant récupéré l'usage de ses pinceaux, m'aurait estourbi à coups de pompe dans la calebasse avant de vouloir récupérer ses paluches.

— Reste tranquille, *baby,* lui fais-je sans animosité.

Je regarde ma tocante : il est trois plombes du mat'. Ça n'a jamais été une véritable heure de la nuit, et c'en est une foireuse du jour. Dans l'un ou l'autre cas, tu ne sais pas bien qu'en foutre. Il est toujours trop tôt ou trop tard pour entreprendre quelque chose de cohérent.

J'arrache la moumoute empruntée à Laura, pairesse d'Angleterre, me débarrasse de ma jolie robe et en use comme linge de toilette pour me défaire de mon maquillage élaboré.

L'autre me regarde agir, médusé. Si, comme tout le laisse supposer, ses mœurs sont orthodoxes, il doit avoir des sueurs froides en visionnant le chouette paxif qui gonfle mon kangourou. Je connais des messieurs-dames qui, toute vantardise mise à part, se paieraient un festin de Noël avec les abats emplissant mon Eminence.

Planté devant les caisses démantibulées qui servent de garde-robe, je cherche des hardes susceptibles de me convenir. Seulement, ils ne sont pas relingés milord, les Niacs. Il est vrai que, depuis peu, je ne me déplace pas au sein de la bonne société thaïe. Vais-je devoir, une fois encore, me harnacher en coolie postal, non recommandable ? Mon « logeur » est plus gros, mais moins grand que ma pomme. Le futal de coutil bis que je lui emprunte m'arrive à mi-chevilles ; par contre je suis obligé de l'accordéoner à la taille avant de serrer à bloc la ceinture chargée de le soutenir. Un tee-shirt qui fut blanc à l'origine et sur lequel y a écrit « Subaru » en lettres vert diarrhée, complète mon accoutrement de gentilhomme *farmer.*

— Tu as une *girl-friend ?* demandé-je à mon ci-devant séducteur. Si oui, tu lui offriras cette toilette de ma part, elle pourra probablement s'en confectionner deux avec.

Le mec semble à la fois abasourdi et craintif. Il a du mal — et qui ne le comprendrait ? — à oublier la rouste que je lui ai servie la veille. Sa mâchoire a du jeu et ses gesticules (Béru dixit) ne sont pas encore redescendues.

— Allons, grand, repieute-toi, il est trop tôt pour aller vivre sa vie à l'extérieur.

Je le rattache plus énergiquement que précédemment. Mais maintenant qu'il sait que je suis un mec, m'étonnerait qu'il essaie de me faire du contrecarre. Ce zigoto n'est qu'un barbiquet de village, pas du tout du gabarit des gars de Bangkok. « Trop malin pour rester ici, mais trop con pour aller ailleurs », disait Francisque.

***

A six heures, heure locale, les coqs chantent et nous quittons la masure du copain. Une barre indigo délimite l'horizon. Ce reste de nuit est tendre comme le souffle d'une adolescente endormie. Rien de plus suave que l'aube dans ces pays. L'air est doux et embaume. Il exalte le corps et l'esprit.

Ayant dégauchi une vieille béquille d'infortune sous un bout de hangar jouxtant la cabane, je l'ai emparée et me suis fait une espèce de ligature au genou gauche, histoire de la justifier. A l'intérieur de ladite, j'ai placé le pistolet resté vaille que vaille en ma possession. J'ai montré à mon logeur combien l'arme était facile à saisir. Puis, je lui ai remis un bifton de cent dollars.

— Fais-moi passer la frontière malaise et je t'en donnerai deux autres, lui ai-je promis. Cela dit, observe en combien de temps je me saisis de mon feu.

J'ai exécuté la démonstration.

— Ça va chercher dans les deux fractions de secondes, non ? Et encore parce que je ne force pas mon talent et que mon rhumatisme me fait souffrir. Si tu joues franc-jeu, tu te retrouves avec trois cents dollars U.S. ; si tu cherches à me trahir, ce sera avec une balle entre les deux yeux. Fais tes comptes et dis-moi ce que tu décides.

— O.K. ! O.K. ! a-t-il affirmé précipitamment.

Ce vilain-pas-beau, vois-tu, c'est un ni chair ni poisson. Il doit truander petit. Engourdir les sacs à main et les appareils photos des touristes, sans trop se mouiller en deçà. On a les délits de ses artères. La rouste que je lui ai mise cette nuit l'incite au respect. S'il me trahit, ce ne sera qu'à coup sûr. Donc, à moi d'ouvrir l'œil en grand, de ne jamais relâcher ma vigilance.

Nous voilà partis clopin-clopant. Moi boquillant misérablement. Je porte une casquette de toile bleue et me suis fait des yeux chinois au charbon de bois et une pâleur asiate avec un morceau de plâtre. Ingénieux, ton Sana. C'est dans sa nature !

Je ne te garantis pas la conformité de mon teint ; mais ainsi accoutré, je dois rendre crédible mon personnage de stropiat, surtout quand je fais équipe avec un Jaune pur fruit.

Cahin-caha, de-ci de-là, je vais, je chemine, tel le

charmant petit âne de *Véronique* (je crois que c'est le titre de l'opérette à la con dont je reprends les paroles. Déjà, tout môme, j'étais réfractaire à ce genre d'expression, comprenant mal que l'on chante ce qui est fait pour être parlé).

On quitte l'agglomération et on arpente le bitume d'une voie de moyenne importance parcourue par des camions.

La chaleur se fait plus pressante.

— La frontière est loin ? demandé-je à mon « séducteur » de la veille.

— Cinq ou six kilomètres.

— Tu connais des endroits où elle est poreuse ?

Il opine :

— Oui, mais ils sont dangereux.

— Pourquoi ?

— La forêt.

— C'est-à-dire ?

— Les marécages et les bêtes. Il y a des tigres, mais surtout des serpents, beaucoup, beaucoup de serpents.

Je ne puis réprimer un frisson, comme dans les romans d'aventures bien chiadés. Toujours, tu remarqueras, le héros aguerri « ne peut réprimer un frisson ».

Donc je frissonne à me chier parmi, comme on dit en Helvétie. Moi, le serpent, c'est ma bête noire. J'ai toujours nourri une peur irraisonnée pour tout ce qui est reptile. Quand j'étais mougingue et que je me baladais à travers les champs, du côté d'Aillat, j'exécutais une cabriole et poussais un hurlement chaque fois qu'une ronce me piquait le mollet.

— Que faut-il faire pour mettre en fuite les serpents ?

— Ça dépend lesquels. Eviter surtout de leur marcher dessus.

— Tu passeras devant, décidé-je courageusement.

Histoire de me dédouaner de ma trouille, j'ajoute :

— Tu as davantage l'habitude que moi.

Des véhicules nous frôlent sans nous prêter la moindre attention. Soudain, mon sang se change en nitroglycérine. Droit devant nous, un barrage policier filtre la circulation. Les véhicules s'accumulent pour subir une inspection.

Mon mentor s'arrête.

— Pour vous? il me demande en désignant les perdreaux en action.

— Possible.

Il a une grimace de mauvais aloi.

— Pas bon.

— Merci de ton appréciation.

J'examine les alentours : la nature environnante a des prémices de forêt. Des arbres bas, en forme de boules végétales composent des boqueteaux clairsemés, par touffes pourrait-on dire. Ceux-ci se font plus nombreux et s'épaississent, commençant ainsi la forêt qui devient de plus en plus dense et haute à mesure qu'on avance vers la Malaisie.

J'espère que les draupers couleur safran ne nous ont pas distingués, de loin, affairés qu'ils sont à vérifier les voitures.

Au centre d'un boqueteau poussent de hautes plantes aux gigantesques feuilles en forme de palettes.

— On va se cacher là en attendant que le barrage soit levé ! commandé-je à mon guide.

— Il y a des serpents ! avertit ce dernier.

— Comment le sais-tu ?

Il me montre les végétaux aux immenses palmes.

— On appelle ça la plante à tok tok kiéla ; c'est un petit serpent très venimeux. On ne survit pas une heure à sa morsure.

— Tu parles d'un pays de cons ! grondé-je.

Je sens la peau de mes siamoises se mettre en accordéon. Je n'ose plus exécuter le moindre pas en direction du bosquet. Franchement, j'aurais dû rester devant mon Dubonnet. Tout ce bigntz parce que j'ai culbuté une petite commerçante qui avait beaucoup de lunettes mais pas de culotte !

Y a de quoi se faire tailler une pipe par une anthropophage, t'es bien d'accord ?

⁂

On reste assis, face à face, sur nos talons, comme deux « père Lacolique ». C'était le fin du fin de l'humour dans mon pays natal, le « père Lacolique ». Une figurine de plâtre représentant un petit vieillard au nez crochu et au menton en galoche, avec un bonnet de coton tombant bas. Il se tenait accroupi, déculotté, et on lui enfonçait une minuscule cartouche noire dans le trou du cul, cartouche à laquelle on mettait le feu. La chose, grosse comme une pierre à briquet, se développait en volutes noires censées représenter des excréments. On se marrait tous, petits et grands. C'est ainsi que s'est développé mon humour de réputation mondiale.

Comme quoi de petits faits anodins peuvent générer de grandes choses !

Un truc que je trouve impressionnant, c'est le fatalisme, pour ne pas dire la résignation, des Jaunes. Plongés dans les pires béchamels, ils conservent leur imperturbabilité.

Par instants il me désigne un reptile à peine plus gros qu'un crayon, d'une vilaine couleur vert-de-gris.

— *Snake !* fait-il placidement.

Il se soulève légèrement et écrase la bestiole d'un coup de talon magistralement ajusté.

Autant te dire, Casimir, que je suis rien moins que rassuré, comme l'écrirait « la gonzesse de Sévigné » (Béru dixit). Je regarde sans relâche autour de moi avec, constamment, la sensation qu'une de ces bestioles m'escalade les montants pour aller rendre visite à mon serpent de mer.

On attend de la sorte quatre heures à l'ombre du bosquet, changeant de position quand l'ankylose nous biche.

Au moment où je commence à désespérer de voir les perdreaux lever le siège, les nains jaunes brouhahatent. C'est, pour commencer, les motards qui larguent le barrage. Les bourdilles qui se déplacent à bord d'un grand véhicule grillagé ne tardent pas à se ramasser et les voici qui s'en vont, rendant la route à une relative fluidité.

— On dirait que ça recommence à carburer ? fais-je à mon pote.

Il ne répond rien. Paraît dubitatif comme un fauve flairant un piège.

— Attendre encore ! dit-il.

— Attendre quoi, tête d'haineux ?

Il ôte ses lunettes teintées. Dans ces cas-là, il redevient franchement monstrueux, avec sa gueule de gorille pris à partie par un bulldozer.

— Je sais les manières de la police : souvent, elle fait semblant de s'en aller.

— Tu crois qu'il s'agit d'un piège ?

— Possible.

Je décide de lui faire confiance et de poireauter encore un peu. Bien m'en prend : une demi-heure plus tard, quatre autres motards déferlent sur la route.

— Toujours ainsi quand ils recherchent quelqu'un en fuite, m'apprend l'homme à la gueule défoncée. Après un barrage, d'autres policiers surviennent à toute vitesse.

Je regarde les quatre guirlandes de gaz bleu qui tire-bouchonnent au fion de leurs péteuses. Ensuite, plus rien que la circulation normale.

Nous repartons. L'ankylose m'a saccagé les cannes.

La vie est dure pour l'homme courageux.

MALAISE EN MALAISIE

La chose, simplement, d'elle-même arriva.

Nous arpentions la route de la forêt, sur le côté gauche pour voir les voitures arriver, ainsi qu'il est recommandé dans les manuels : « Comment vivre en se déplaçant pédestrement ». La circulation restait fluide. A un moment donné (tout se passe à un « moment donné », bien évidemment ; si on supprimait de notre langage toutes les locutions superflues, que de temps et de papier on gagnerait !) une Mercedes jaune nous a dépassés, roulant à une allure modérée. Elle a parcouru environ deux cents mètres puis a stoppé et s'est mise à reculer.

Dans ma poitrine, c'est devenu glacé comme le regard d'une directrice d'internat religieux quand elle apprend que la meilleure élève du pensionnat s'est fait foutre en cloque par le gars de la pompe à merde venu vider les gogues. J'ai illico ressenti dans ma viande que je l'avais *in the* babe (comme disent les gars du Foreign Office) et que ma destinée risquait fort de reprendre sa liberté sur cette route thaïe. Le conducteur semblait capable de conduire aussi vite en marche arrière qu'en marche avant. Ils étaient deux, pas très beaux ni très joyeux, à bord du carrosse. Des franchement vilains, tu peux m'en croire ; j'ai du reste remarqué, au cours de ma tumultueuse existence, que les méchants sont rarement beaux. Leur âme noire les défigure.

Mais je n'ai pas le temps de te faire une disserte sur le sujet.

Voilà donc ces deux vilains branques qui nous apostrophent. En thaï, naturellement ; tu penses qu'ils vont se gêner ! N'entravant que pouic à leur discours, non seulement je continue de chiquer les infirmes, mais en outre les crétins (rôle où j'excelle).

Le gazier qui se tient au côté du conducteur descend de la tire et nous rejoint. Il m'examine, sort un mouchoir cradoche de sa fouille et me frotte les lotos après l'avoir humecté de sa salive, pouah ! Il sourit sinistrement en découvrant le barbouillage qui en résulte. Il se retourne pour apprendre la bonne nouvelle (en anglais : *the good new*) à son coéquipier. Fatal réflexe ! Il déguste un formid coup de béquille sur l'os-qui-pue, Béru dixit). Le voilà tout mollasson. Avec une présence d'esprit foudroyante, je le soutiens devant moi pour m'en servir de bouclier.

— Prends mon revolver dans le pansement ! enjoins-je à mon guide.

C'est risqué, mais je compte qu'il restera dans mon camp par crainte des deux gonziers.

Il prend mon feu comme indiqué.

— Donne !

Je tends la main dans mon dos tout en continuant de soutenir mon estourbi.

Au lieu de me remettre l'arme, mon guide vient à ma hauteur. Il allonge le bras et praline le conducteur de la Mercedes presque à bout portant. La tronche du mec explose, aspergeant tout le pare-brise.

— Oh ! le con ! mugis-je. Qu'est-ce qui t'arrive, gueule de rat ?

Putain cette béchamel ! Mais qu'est-ce que j'ai fait au Seigneur pour toucher un branque pareil ! Il se prend pour Al Capone ou quoi, ce nœud ?

Mais attends, c'est pas fini. Voilà-t-il pas qu'il appuie le canon de l'arme sur la nuque du mec que je soutiens et presse la détente. Le gus meurt sans avoir repris conscience. J'ai la gueule pleine de raisiné, au point d'en être aveuglé. Il m'en est entré dans la bouche, pour te dire toute l'horreur, bien comme il faut, sans rien omettre ! De quoi perdre la raison. J'ai tout de même le temps de penser que si je ne récupère pas l'arme illico presto je vais avoir droit à mon infusion de plomb.

Heureusement, mon pote guide ne songe pas à me seringuer. Son bras pend, avec l'arme au bout. Je l'en soulage. Il semble en état d'hébétude.

Avant de gueuler et quoi ou qu'est-ce, je mate la route. Déserte. J'ai du bol dans mon malheur. Rapide, je balance le corps qui se trouve à l'extérieur dans le bois que nous longions. Il gît au milieu d'un roncier inextricable.

Au loin, se pointe un énorme camion jaune qui ressemble à une fête foraine. Comme beaucoup de poids lourds dans ce pays de cons, il est constellé de feux multicolores, de peintures de pin-up, d'étoiles scintillantes. Une baraque foraine, on dirait !

Vitos, je me place côté route pour masquer le cadavre sanglant du conducteur ainsi que le pare-brise ruisselant de sang. Le camion passe. Puis c'est une bagnole déglinguée, et encore un camion aussi clinquant que le précédent. Enfin, une accalmie.

— Fous le chauffeur à l'arrière ! hurlé-je à mon camarade d'équipée.

Je dois le lui répéter avant qu'il ne s'exécute (après avoir exécuté les deux tomobilistes).

Juste qu'il achève le transbordement, quelques véhicules passent, en paquet, sans prendre garde à nous. Ensuite, j'enjoins à mon ami « Ça flingue » de se mettre au volant. Pas très prudent, car il claque des chailles.

— Ressaisis-toi, Ducon, et emporte-nous d'ici ; tu sais conduire, oui ?

— Oui.

Il pilote laborieusement, en grande lenteur de corbillard dans l'allée centrale du cimetière. N'importe ; l'essentiel est d'avancer, non ?

On parcourt quelques kils de cette allure funèbre, parfaitement appropriée à notre passager.

Pendant que mon camarade drive, je me livre à un acte pas très joli : je fais les poches du mort allongé à l'arrière. Y trouve une couleuvrine gros calibre à la panse garnie de six jolies bastos au groin doré. L'empoche discrètement. Juste que j'achève cette fouille, le mec ralentit et se range sur le bas-côté. Devant nous, à environ cinq cents mètres, la circulation semble agglutinée.

— *Custom !* qu'il dit, l'apôtre.

La douane ! Mon guignol bat la chamade. Va-ce être la fin de ma terrifiante randonnée ? Ou bien touché-je au salut ? Prière de faire une croix devant la bonne réponse, et une plus grande devant la mauvaise !

— Il faut rentrer dans la forêt ! lui fais-je.

Il opine. Roule encore sur quelques mètres puis, après s'être assuré que la route est dégagée, il quitte cette dernière et pénètre sur une sente forestière, bien qu'elle ne soit pas carrossable.

Pas la peine d'aller bien loin pour que l'abondante végétation nous dérobe complètement à la vue des conducteurs. Les ceux qui nous ont vus plonger dans la sylve doivent croire qu'on cherche un coin pour baiser ou pour déféquer, les deux principales raisons qui incitent l'homme à s'isoler.

Au bout de deux cents mètres, nous sommes à l'abri des regards indiscrets.

— Ça suffit, dis-je à mon tueur personnel, nous allons continuer à pied. Sitôt que nous aurons passé la frontière, on se dit adieu et je te remets ce que je t'ai promis.

Mais le gonzier ne bronche pas. Un sourire lointain, de mec illuminé, écarte ses lèvres.

— Tu m'as entendu, tête de nœud ?

— Oh yé ! dit-il.

Son sourire s'accentue et le voilà qui sort de sous son cul tu sais quoi ? Mon revolver ! Pas celui que je viens de prélever, à son insu, sur le cadavre, mais l'autre, le premier riboustin. Il a dû me le secouer pendant que je fouillais le mort.

— Donne tout ! m'enjoint le Niac.

— Sans blague, tu veux me doubler ?

— Je veux ton argent et ta montre !

— Et après, l'ami des poètes, que feras-tu ?

— Je ne sais pas.

Il est gentil. Seulement, moi, je lis dans son regard l'homicide imminent qu'il compte perpétrer. J'avais tort de le prendre pour une demi-porcif. En réalité, c'est un tueur à sang-froid.

— O.K. ! O.K., l'ami, voilà le fric, te fâche pas, tu ferais grimper ton taux d'adrénaline.

Je porte la main vers le tiroir arrière de mon bénoche et, avant de l'en sortir, ôte le cran de sûreté du calibre que j'ai chouravé au mort.

Et c'est parti !

Brouaoum !

La détonation nous rend sourdingues. En plus, la praline lui fait éclater la paluche avant d'aller se loger dans sa cuisse gauche où elle doit faire également pas mal de dégâts.

— Tu me prenais pour qui, Mao ? Pour un garde-champêtre de village ?

Calmement, je réempare le premier pistolet.

— Si tu avais joué franc-jeu avec moi, tu n'en serais pas là, Fesses de rat malade. Heureusement pour ma santé, depuis que je t'ai vu refroidir les deux méchants, je suis sur le qui-vive. Maintenant, tu as gagné le canard !

J'hésite sur la conduite à tenir avec lui. Si je le laisse purement et simplement, il se traînera jusqu'à la route et donnera l'alerte en me collant tout sur le paletot. Je dois coûte que coûte le neutraliser avant de filer, mon espoir de salut est à ce prix.

Quand il voit que je l'attache après le volant, il se perd en supplications ; j'ai la force de caractère d'y résister.

C'est sa vie contre la mienne.

J'opte pour la mienne. L'égoïsme est dans la nature de l'homme.

*
**

Je n'aurai jamais connu son nom. On se rencontre, on partage du temps (ce bien inestimable), on s'aime ou on se hait ; et puis on se quitte pour toujours. Et tout ça n'a aucune importance, le passé cicatrise bien et totalement. Il ne subsiste de nos rencontres que d'obscures impressions que le temps rend improbables.

J'avance avec peine dans une jungle de plus en plus dense, me guidant au soleil, crapahutant lentement à travers une sylve difficile à extriquer.

Mon estomac émet les sanglots longs de l'automne. Ah ! combien sont déchirantes les plaintes de l'affamerie. L'effort fait trembiller mes flûtes. Mille lianes poisseuses cherchent à freiner mon avance. Je me dis que l'inextricabilité de la région constitue pour moi un gage de sécurité. Si un fugitif a du mal à se frayer passage, ce ne sont pas des douaniers qui vont venir se baguenauder la couenne dans cette région rétive ! La nature constitue une frontière végétale qui supplée la vigilance humaine.

J'arque de la sorte pendant une paire d'heures sans avoir beaucoup progressé. J'ai les bras et le visage griffés, les cheveux arrachés et je tombe fréquemment en me prenant les pinceaux dans des plantes perfides telles que je n'en ai encore jamais vues. L'impression que je ne vais plus pouvoir ressortir de ce formidable piège sylvestre me saisit. Une peur panique (comme on dit puis à Bourgoin-Jallieu, mon pays natal) m'empare, qui croît, que je ne parviens pas à endiguer. Voilà que la nature me rend claustrophobe, pire que si j'étais enfermé dans un trou du cul-de-basse-fosse.

L'horreur vient de ce que l'enfer vert se reconstitue après mon passage ; c'est à peine si mes deux ou trois derniers pas se lisent encore dans l'épaisseur de la végétation. J'aurais un mal inouï à rebrousser chemin, tant elle est impétueuse.

A l'image de la vie, cette forêt supprime le souvenir

de ton passage, car ton passage n'est rien. Une trace argentée d'escargot que la première ondée emporte. Des pas sur le sable que brouille le vent. A l'instant de ta mort, tu le comprendras et seras pétrifié par la stupeur en découvrant de quel néant tu es fait et quel néant tu laisses. Il est ta seule œuvre durable, puisque infinie. Quelle terreur t'envahira alors, en prenant conscience d'une telle nullité ! Tu es tout pour toi et moins que rien pour les autres. Toi terminé, ton absence scelle ta « non-avenance », et c'est pourquoi tu t'accroches à l'idée d'un Dieu perdurateur qui arrange ton orgueil et calme ta panique. Alors, joue le jeu de Dieu, toi qui ne sais pas qui Il est et ne le saura jamais. Prie l'hypothétique absence jusqu'à ce qu'une fantasmagorie de l'esprit en fasse une présence salvatrice.

Comme ça qu'il pense, ton Sana si éprouvé, dans le cloaque de son esprit. Il se prête à l'existence en la sachant illusoire et sans suite. Pesant sur son joug provisoire d'homme provisoire qui va la vie, qui va sa part d'éternité toute menue, toute précaire, en touchant de temps en temps sa queue pour se donner à croire qu'il existe vraiment, et dont l'unique mission ici-bas est d'exister encore un peu, le temps de verser quelques larmes de plus.

Epuisé, je m'affaisse sur un enchevêtrement de végétaux. Il doit y avoir plein de reptiles et d'insectes mortels dans le coin. Qu'ils me tuent, me grignotent, m'effacent, m'annulent une fois pour toutes !

***

Un chant quasi céleste flotte en moi, comme la réminiscence d'un bonheur perdu. Je rouvre les yeux. Des lianes, des racines emmêlées ; une senteur forte et obsédante de feuilles pourrissantes. Je me dis : « En se corrompant, les plantes en fertilisent d'autres à venir. C'est réconfortant ce cycle. » Mais ma tentation de philosopher tourne court à cause de la voix. Voix féminine, d'une pureté infinie. Elle retentit, éloignée mais distincte ; les échos du sous-bois me l'apportent sans l'altérer.

Sont-ce des berlues ? Qui donc pourrait chanter au cœur de cette nature dont l'imbrication a quelque chose de morbide ?

J'avance dans sa direction, porté par un regain d'énergie, comme on dit puis dans les romans sérieux. Tu remarqueras, toujours le héros épuisé a « un regain d'énergie » qui va le sauver. Faut pas pisser sur les vieilles recettes : elles ont du bon, constituent des repères pour le public averti.

Donc, je me porte dans le sens du chant, laissant des lambeaux de ma bonne viande aux énormes ronces. Je fonce en direction de ce chant, comme un naufragé du désert fonce vers un murmure de source. J'ai peur qu'il cesse, qu'il m'abandonne aux tentacules des lianes épineuses, à la perfidie des racines noueuses. Ça ne devait pas être poilant, la nature, au temps des dinosaures, avant l'homme et ses engins. Tu te rends compte d'à quoi ça pouvait ressembler, le monde en friche complète ? La dérive des continents ! j'aurais aimé voir ça.

A présent, c'est l'homme qui dérive. Et il a pas fini de s'en aller, au gré des siècles. Cramponné, mais foutu d'avance ! Longtemps j'ai eu pitié de lui. C'est bien fini. Maintenant y me fait chier la bite. Qu'il s'en aille aux abîmes vauvert avec sa femme et sa prétention. Moi qui suis un peu mort déjà, et qui connais la suite, je lui annonce la surprise du chef. Il n'a pas suffisamment l'esprit inventif pour l'imaginer. Il s'est bricolé un « après » de complaisance, à sa petite mesure ; « à l'échelle humaine », disons-le. Il est loin du compte ! Je lui promets. La gueule qu'il va pousser, « le moment venu ». J'en rigole par avance !

Je continue de me débattre avec lianes, branches et épines. Voilà que la lumière se fait un peu plus vive, que j'entrevois une éclaircie. La végétation lâche prise, se fluidifie, pour ainsi dire. Je distingue une étendue complantée de cocotiers qui partent à l'assaut du ciel. Putain qu'ils sont hauts.

J'avance encore, lacéré par les ultimes ronces, et alors je me sens récompensé de mes efforts.

Spectacle insolite et merveilleux !

Une jeune fille, seule dans la cocoteraie, avec un singe qu'elle tient en laisse à l'aide d'une très longue corde... L'animal a escaladé l'arbre et cueille les noix qu'il jette au sol, comme par jeu. Le champ en est jonché au pied des cocotiers. La fille continue de fredonner son étrange et douce mélopée. Sa voix paraît stimuler l'animal qui semble prendre plaisir à sa cueillette.

Tout à coup, le primate décèle ma présence et se met à pousser des cris aigus qui alertent sa maîtresse. Elle se retourne et prend peur en m'apercevant. Son premier réflexe est de se sauver. Seulement, elle a attaché l'extrémité de la longe à son poignet et cette résistance stoppe sa fuite. J'en profite pour lui lancer des paroles apaisantes, en riant de mon mieux à travers le sang qui ruisselle sur mon visage écorché. Je prodigue des gestes rassurants, mais c'est quoi, au juste, un geste rassurant ? L'efficacité réside dans le sourire que je veux le plus miséricordieux possible.

Toujours est-il que mes efforts d'apaisement finissent par conjurer un peu sa peur. Elle s'arrête, sur le qui-vive, prête à détaler.

A bout de résistance, je fais encore deux pas dans sa direction et tombe à genoux. Assis sur mes talons, je murmure :

— *Do you speak english ?*

Elle secoue la tête :

— *No. French !*

— Dieu soit loué, m'écrié-je. Je suis français !

Cette annonce semble être bien accueillie. L'expression craintive qui marquait son visage disparaît.

— Dans quel pays sommes-nous ? je murmure.

Mon guignol bat la chamade dans l'attente de la réponse.

— Malaisie, répond-elle.

Alors, une action de grâces s'élève de ma pauvre âme meurtrie.

Sauvé !

J'évanouis (1).

(1) Mon émotion est trop forte pour que ce verbe reste pronominal.

MALAISE EN MALAISIE
(BIS)

Sommeil trépidant. Je me sens véhiculé sur une charrette à bras (ou assimilé). Pour la suspension, tu repasseras ! Je morfle dans les endosses le moindre accident de terrain, le plus petit caillou du chemin. Je suis pantelant sur les planches rugueuses ; sans force ni énergie. Ma petite pensarde de secours qui continue de clignoter en moi, me dit : « Comment se fait-il que tu te trouves dans un tel état, simplement parce que tu es épuisé et que tu meurs de faim ? Un mec comme toi, bâti à chaux et à sable ! »

Aucune réponse ne me vient. C'est ainsi. Je gis dans une carriole que quelqu'un tire. De cela j'ai pleinement conscience, mais c'est tout ce que je parviens à capter de l'existence. J'ai des visions superbes, cela dit ; des images de kaléidoscope ! Je vois un palais peuplé de créatures de rêve ; des bassins dorés sur l'eau desquels nagent des cygnes roses, pleins de suffisance ; des filles brunes, lascives dans des voiles arachnéens, dotées d'yeux immenses aux regards impossibles à capter. Un album des « Mille et Une nuits », dans lequel tout est féerique !

Pourtant la carriole déglinguée qui me transporte titube dans de profondes ornières. Elle grince lamentablement. Ses roues sont voilées et impriment à mon corps un balancement baroque. Je flotte misérablement entre visions d'Orient et méchante réalité.

Ce trajet dure une éternité.

Davantage, peut-être ?

Et puis cesse.

La charrette est placée à la verticale, ce qui me donne la position saugrenue et insouhaitable d'un homme « couché debout ». Mais cela ne dure pas, mon être glisse, se met en tas sur le sol. Des mains « s'occupent de moi ». On me « détasse », m'allonge sur de la paille, me semble-t-il.

A ce moment-là, un miracle s'opère : je parviens à ouvrir les yeux et à capter ce qui m'environne. J'aperçois une construction basse d'où s'échappent des odeurs de nourriture en train de cuire. Je vois une créature difforme assise sur un seuil et que je prends pour un vieux singe à poils blancs.

Etrange : je me suis intéressé à ce qui se trouvait hors de ma portée au lieu de me préoccuper de ma propre personne. Comme si je voulais me « garder pour la fin ».

Je fais un effort pour rassembler mon regard autour de moi. Une gravure scolaire vue dans un vieux livre d'Histoire de Félicie : Turenne mourant au pied d'un arbre. Je suis Turenne. Si je baisse les yeux, j'aperçois une délicieuse jeune fille asiatique qu'il me semble reconnaître. Elle est agenouillée devant moi et je me méprends sur ses agissements. Figure-toi qu'elle a dégrafé mon bénoche et l'a fait glisser jusqu'à mes chevilles. Elle est agenouillée en position de turlute. Mais, contrairement à ma première impression, loin de me tutoyer le Nestor, elle est en train de me charcuter la cuisse à l'aide d'un couteau suraiguisé.

Je veux remuer mais elle murmure :

— Non, ne bougez pas.

J'éprouve une vague douleur causée par l'incision. Elle presse entre deux morceaux de linge les lèvres de la plaie. Cela devrait me faire mal, je suppose, pourtant je ne ressens qu'un léger pincement.

J'attends, dolent, presque indifférent... Elle continue de presser avec des gestes menus et précis. Ensuite, elle débouche un flacon posé près d'elle et me verse un liquide sur la plaie. Confuse sensation de brûlure.

La jeune fille possède un nécessaire à pharmacie puisqu'elle dispose de pansements tout prêts. Elle m'en applique un sur la jambe.

Satisfaite, elle pivote légèrement sur ses genoux de façon à me faire face.

— Vous avez mal ? demande-t-elle avec un délicieux zézaiement.

Maintenant, je reconnais pleinement la cueilleuse de noix de coco par ouistiti interposé, l'exquise jeune fille dont le chant céleste m'a pratiquement sauvé la vie en m'arrachant à la jungle.

Je secoue négativement la tête.

— Vous avez été mordu par un vipio, qui est un serpent dont le venin provoque une sorte de gangrène si la plaie n'est pas incisée le jour même. Il commence par anesthésier, si bien qu'il arrive qu'on ne s'aperçoive pas de la morsure ; on la prend pour la lacération d'une ronce, la plupart du temps. Heureusement que je reconnais les premiers symptômes. La personne à laquelle a été inoculé le venin est frappée d'une somnolence allant jusqu'à l'évanouissement.

« En vous voyant, j'ai vite compris ce qui vous arrivait. Alors je suis venue chercher la carriole pour pouvoir vous transporter. Je vous ai fait une piqûre et j'ai ouvert l'endroit de la morsure pour en exprimer le venin. Vous ne craignez plus rien, mais il va vous falloir quelques jours de grand repos, le temps que se dissipent les effets du poison. »

Il me serait bon, il me serait doux de lui exprimer ma reconnaissance. Hélas, je n'en ai pas encore la force. Elle doit se contenter d'un pathétique regard au fin fond duquel brille la promesse d'une bonne grosse bite à usages multiples.

Au cours de certaines périodes de notre existence, le temps perd sa signification habituelle. Il devient incertain, comme s'il ne nous concernait plus. Nous sommes hors de son atteinte ; mais sans doute est-ce lui qui se trouve hors de la nôtre ? La plupart des gens s'imaginent qu'il existe et se découpe sagement en tranches de vingt-quatre heures pour former des jours, lesquels selon un habile agencement décidé par les hommes, constituent des mois, puis des ans. C'est pure théorie, conventions, connivence. Il faut s'en échapper pour comprendre qu'en réalité le temps n'existe pas et que, si les hommes le tronçonnent, c'est dans le but dérisoire de l'asservir. Mais il est un et indivisible, ou peut-être même qu'il n'est pas. Nous nous accommodons de ce malentendu collectif pour donner quelque ampleur, voire un début de signification à notre durée fade et stérile.

D'accord, je vais cesser de t'emmerder avec ces gambergeages de désœuvré qui n'ont jamais intéressé personne, sinon un ivrogne de nuit dans un bar de mélancolie sur le point de fermer.

J'apprendrai par la suite que je passe quatre jours dans la cahute misérable, mais propre, de l'exquise jeune fille de grand secours. J'ai attendu d'avoir récupéré l'essentiel de ma vitalité avant de te la décrire, car elle constitue une œuvre d'art de la nature et je ne disposais pas du brio suffisant qui m'aurait permis de te la dépeindre comme elle le mérite.

Mais voilà : par quoi commencer ? L'impression d'ensemble ? D'accord.

J'attaque dans le pompier. Une fleur ! Tu souris, grand gognan ! Tu te dis : « Il se foule pas, l'artiste. Ne risque pas d'attraper des varices aux méninges. » Eh bien, que veux-tu que je réponde à ça ? C'est la VÉRITÉ, bordel ! Tu la regardes, tu vois une fleur. Pas une de chez nous, qui a toujours l'air romantique dans les jardins mais qui fait si con chez les fleuristes. Non, une fleur d'ici, avec des couleurs comme jamais vues. Symphonie de jaunes, de roses pâles, de blancs mats-crayeux, de noirs humides comme des pépins de fruits. Le corps est d'une minceur extrême mais aux formes menues et bien présentes cependant, visage dessiné au pinceau, intrigant et doux jusqu'au pathétique. Yeux qui ont conservé la brillance sucrée de la pulpe, troublante comme la mouillance d'un sexe d'adolescente. Mais le plus fabuleux et qui reprend ton regard après l'examen, car il ne peut plus l'abandonner, c'est la bouche : œuvre d'art absolue, par son dessin comme par sa matière, la bouche — oh ! oui — entrouverte sur le plus grand des mystères et qui paraît t'adresser une vertigineuse et silencieuse promesse.

Au cours de mon séjour dans sa modeste chaumine (qu'elle partageait avec son grand-père aveugle, comme dans les ouvrages de la bibliothèque « Rose Clito »), je ne l'ai perdue de vue que pour dormir car, même lorsqu'elle s'absentait, elle continuait de fasciner ma rétine. Jamais visage de femme ne m'impressionna à ce point. Il me semblait que je ne pourrais plus jamais (et quand je dis *jamais*, c'est *never* que je devrais employer afin d'être compris d'un plus grand nombre) m'éloigner d'elle. Que ma vie, désormais, consisterait à la contempler, à admirer ses gestes, ses doux yeux obliques, son énigmatique sourire de femme inventée par un génial artiste, plutôt que résultant d'un coup de bite lâché à la va-vite par la queue fluette d'un Asiate excité.

Elle se nommait Tohu Bohu, nom plutôt baroque, mais avec moi tu dois t'attendre à tout, et le pire est souvent ce que je peux t'offrir de mieux.

Les jours que je passis (1) dans l'humble maison malaise comptent parmi mes plus extraordinaires, mes plus sublimes. Plus rien ne m'importait, j'étais sans souvenirs et sans projets. Je la regardais, la regardais, la regardais à m'en énucléer. L'existence ressemblait à une nacelle tranquille amarrée au tronc d'un vieux saule penché. Elle était tout ensemble l'eau verte, le saule que son écorce rude paraissait vouloir quitter, la paix du silence, la sérénité du jour à son déclin.

Rarement, depuis ma tendre enfance, j'avais ressenti

(1) J'ai le droit de décliner le verbe « passer » à ma guise et ce n'est pas un licencié ès lettres comme toi qui va me donner des leçons !

une aussi totale félicité. Vivre, mourir, n'avaient plus de signification. Le verbe enchanter, si galvaudé, si souvent privé de son véritable sens, retrouvait toute sa magie pour moi : Tohu Bohu « m'enchantait » et comblait tout l'espace mis par le Seigneur à ma disposition.

Elle me faisait à manger, me préparait des galettes croustillantes qui me donnaient faim. Au cours de mon séjour chez elle, je dus prendre trois kilogrammes de surcharge pondérale ; n'ayant pas de balance à disposition, je décidai de les passer à pertes et profits.

Combien de jours, voire d'années, aurais-je vécu ainsi, dans cet état de bonheur léthargique, si les « Implacables » ne s'étaient amenés un matin ? Ce n'est pas moi qui les ai baptisés ainsi. Tohu Bohu m'apprit leur nom en tremblant lors de leur raid chez elle. Il s'agissait d'une sorte de société secrète chargée d'opérer certains règlements de comptes pour la mafia thaïlandaise.

Elle m'expliqua que cette « brigade sauvage » ne se gênait pas pour pénétrer en territoire malais quand elle coursait un fugitif. La Police du pays fermait les yeux sur ces intrusions, par crainte des représailles implacables que ses membres exerçaient sur tous ceux qui contrecarraient leur action. Ils incendiaient les moissons et les maisons, tuaient le bétail, cousaient le sexe des femmes avec du fil de fer ou bien coupaient les testicules des hommes ; toutes choses désagréables, tu en conviens ?

Leur descente chez Tohu Bohu constitue l'un des souvenirs les plus épiques (et colégramme) de mon existence. Aussi me proposé-je de te le narrer par le menu car il constitue un morceau d'anthologie qu'il serait dommage de laisser perdre.

VERDUN

Du temps que j'essuie, et sans suppléments pour mes frais d'investigation, je vais te préciser le lieu où je me trouve.

L'endroit se situe à deux kilomètres six cents de la ville frontière de Ta Dû Po, célèbre en Malaisie pour son école d'éléphants qui est la deuxième du monde, à gauche en sortant de la poste. L'humble propriété de Tohu Bohu est comme oubliée entre la cité et la forêt d'où j'ai surgi. Son terrain a la forme d'un pénis (le mien par exemple) engagé dans la partie boisée comme dans un cul. Complanté de cocotiers, il lui assure une vie des plus chiches.

Au temps où ses parents vivaient encore, elle travaillait comme secrétaire bilingue dans une entreprise franco-malaise d'élastiques destinés à maintenir le papier cristal fermant les pots de confiture.

Mais un jour inique, un groupe d'aborigènes Orang Asli traqués par la police pour avoir assassiné des ouvriers œuvrant au percement d'une route à grande circulation à travers la forêt, se réfugièrent dans la maison de la jeune fille qui, profitant de ses vacances, avait accompagné son grand-papa à la ville pour lui servir de guide (il allait chez l'opticien de Ta Dû Po, Aflé Lou, homme de grande réputation, dont les foyers étaient appréciés dans beaucoup d'autres).

Ces lunettes à renouveler (les dernières que devait porter le cher homme, touché davantage par la cécité que par la grâce), sauvèrent la vie de l'adolescente et celle de son aïeul puisque c'est en leur absence que les Orang Asli investirent leur maison et en massacrèrent les occupants. Ils en furent délogés et l'affaire s'acheva dans un bain de sang.

Après un tel drame, Tohu Bohu renonça courageusement à son emploi pour se vouer au vieil aïeul. Tu pourras dire ce que tu voudras, je trouve un tel sacrifice héroïque. T'en as vu beaucoup, toi, des jeunes filles qui renoncent à la vie en ville, à leur situation, tout bien, pour se consacrer à pépé et à un singe dressé (dont on ne sait pas trop, à première vue, quel est le plus simiesque des deux), dis, tu en connais, sois franc ?

Ma pomme, c'est la première fois que j'en rencontre une, aussi je dis chapeau.

Mais que je t'en revienne...

On est là, dans la maison, la délicieuse et moi. Pépé profite de la fraîcheur de l'aube pour respirer l'air salubre. Ça sent l'humus, le poivre, et mille autres odeurs qu'on ne respire que là-bas.

Ma fabuleuse hôtesse se tient agenouillée au-dessus de moi, son sarong du matin retroussé jusqu'à la taille. Je ne l'ai initiée à cette aimable pratique que depuis la veille, mais comme elle lui a tout de suite plu, elle y participe avec fougue et intelligence.

Une femme-esclave. Quel mâle n'en a pas rêvé ? La soumission éperdue dans l'amour. Elle accueille mes initiatives avec une joie animale à laquelle, nous autres Occidentaux, ne sommes pas habitués. Elle ne dit rien et c'est à peine si sa respiration d'oiseau s'accélère.

Mais soudain, la voici qui, d'une cabriole, échappe au baiser sud que je lui prodigue avec toute la science dont je suis capable (des années d'expérience, un nombre prodigieux de diplômes d'honneur, docteur honoris caudal de la faculté de Bouffémont, cinq fois breveté au concours « les pines », médaille d'or en bob salingue). Son vêtement retombe bien avant le final.

— Vite ! Vite ! chuchote-t-elle.

Je me dresse. Elle me fait signe de m'écarter. Je. Tohu Bohu tire la natte sur laquelle nous folâtrions. Ce qui révèle une trappe. La soulève. Trou noir. Odeur de denrées rances. Sans rien comprendre aux agissements de mon hôtesse-maîtresse, je me coule dans le trou. La trappe se rabat sur moi. Noir complet ou presque. Seule, une clarté vers le fond. Je me trouve dans la resserre du logis, là qu'on entrepose des choses plus ou moins utiles. Ça fouette le suri, le suint, et peut-être même la merde, en cherchant bien.

Je perçois des voix, dehors. Puis des cris. Ceux de ma divine amante, entre autres.

Le sang antonien, tu sais combien de tours il fait ? Tu donnes ta langue ? Un seul ! Mais réussi. J'entrevois ce qui s'est passé : la môme que je broutais sans vergogne (je n'en ai plus sous la main) a vu radiner des mecs. M'a placardé fissa. Et les arrivants, des méchants lâchés à mes trousses, je devine, la molestent pour lui faire dire où je me trouve.

Si je soulève la trappe cachée par la natte, je vais attirer l'attention et me faire anéantir recta. Ils sont juste au-dessus ; si ça se trouve, il me serait impossible de déponner.

Les cris de ma divine retentissent de plus rechef. Je me dirige, à genoux, vers la clarté. Elle passe à travers un fin grillage qui isole la resserre. Ce panneau mesure à peu près cinquante sur cinquante centimètres. Je l'anéantis d'un coup de poing capable de renverser la colonne Nelson. Le remue-ménage du dessus couvre largement le bruit que je fais.

Je rampe à l'extérieur du réduit en passant par l'ouverture d'aération. Je me trouve au beau milieu d'un buisson de plantes piquantes qui ressemblent à des orties. Ces saloperies de végétaux me mettent la peau en feu. N'en ai cure ! Me voici à l'arrière de la bicoque. Les cris de trident (Béru dixit) continuent, en provenance de l'intérieur.

Que fait ton Sana valeureux ? Oui, ma chérie : il sort le feu dont il a eu le réflexe de se munir et vérifie son magasin. Il contient encore cinq balles. C'est plus que suffisant pour se suicider, mais pas assez pour gagner la guerre de Quatorze.

Enfin, comme le disait si justement mon camarade Rodrigue : « A vaincre sans péril, on triomphe sans gloire. » Avec des ruses de Comanche (à couilles), je gagne l'angle de la masure. Orage, ô dépotoir ! Le grand-papa gâteux de ma douce amante gît sur le seuil, la gorge sectionnée d'une oreille à l'autre. Son sang noir forme une flaque que les mouches voraces investissent dare-dare. Il en arrive de partout, à croire qu'un mystérieux tambour de jungle colporte à tout va la bonne nouvelle d'un festin gratos.

Les fumiers ! Une immense rage me galvanise. Je viens me placer contre l'ouverture de la porte et risque une œillerie à l'intérieur. Ils sont en plein travail. Trois gorilles. Des courtauds à gueules larges comme des boucliers. Deux tiennent ma petite fleur de safran à terre, écartelée, tandis qu'un troisième lui enfonce le canon d'un revolver à barillet dans la foufoune en lui posant sempiternellement la même question (en anglais : *the same question*). Je ne comprends pas les patois de par ici, d'ailleurs, si l'on excepte celui de Saint-Chef-en-Dauphiné, je n'en parle aucun autre ; néanmoins, je devine qu'il est question de moi. Et la gentille bat à Niort malgré l'outrageante douleur qu'on lui inflige.

A toi de jouer, Sana ! C'est pour le règne de la justice que ta rapière travaille.

Je vise posément la large nuque du tortionnaire.

La vache ! Je pensais plus que c'est une quetsche de calibre 9 mm. Je peux t'assurer que ce genre de bastos commet de l'irréparable. Sa tronche se met à pendre sur le côté droit, à peine retenue au buste par une écœurante lanière de chair.

Je ne perds pas de temps à faire l'inventaire. Le canon de mon arme s'abaisse de quelques degrés, et repoum ! Une nouvelle nuque : celle du gazier qui me tourne le dos ! Kif son pote, il se met à chiquer les chochottes et adopte un air penché.

Le troisième lâche ma petite fiancée malaisienne pour tirer sa pétoire. N'a pas le temps. D'une troisième prune, je lui farcis la coquille.

Je ne me rappelle pas avoir seringué trois affreux en moins de huit secondes, ça doit constituer un record. En rentrant, faudra que je consulte le Guiness.

Je regarde la pauvre petite.

Evanouie !

La scène est terrible, des trois truands foudroyés sur cette natte où est allongée une adolescente cruellement torturée.

Autour de moi, ce n'est que sang et souffrance, décidément.

Quelle idée ai-je eue de regarder la vitrine de ce cocu d'opticien par un certain dimanche ?

SANS ESPRIT DE RETOUR

Les jours qui viennent de s'écouler, faits de torpeur et de volupté, loin de m'amollir, ont aiguisé mon énergie. Je me sens une âme d'airain, prêt à bouffer le monde sans condiments ! Je suis d'une lucidité absolue.

Ah ! on veut m'avoir ? Eh bien ! fume ! On ne m'aura pas !

Je ranime, pour commencer, la pauvrette saccagée. Lui conseille un bain de siège aux plantes de perlimpinpin. Sa maman a bien dû lui donner des conseils sur l'art et la manière de se soigner la chaglatte, du temps qu'elle vivait ? Les mères parlent du cul à leur fille avant de leur parler de Dieu.

Pour qu'elle n'en soit pas incommodée, je traîne dehors les horribles tortionnaires scrafés par mes soins vigilants. Puis veux lui apprendre le décès de son grand-papa, mais inutile : elle a assisté au trépas de l'aïeul et n'a pas l'air d'en être éprouvée outre mesure. Faut convenir, à sa décharge, que c'était devenu plus grand-chose, l'ancêtre. Son esprit prenait de la gîte. Elle le charriait de la maison au seuil, au rythme de la journée, lui faisait bouffer son riz avec les mains, biscotte les baguettes, il ne pouvait même plus s'en servir pour jouer du tambour. A vivre avec un corps sans âme, on finit par le prendre pour une potiche. Elle déplaçait le vieux magot, s'occupait de ses besoins, le nettoyait, le nourrissait, l'aidait à s'allonger sur sa natte, bref lui accordait l'assistance qu'il était en droit d'attendre de sa petite-fille ; mais une irréparable solitude les avait depuis lurette séparés.

Bon, je sors dans la lumière éblouissante. Tout est d'une clarté impitoyable. Une brume de chaleur flotte au-dessus de l'immense forêt qui nous cerne sur trois côtés.

Je fais quelques pas sur la piste conduisant vers l'agglomération la plus proche. Ce que j'espérais découvrir s'y trouve : la bagnole des tortionnaires. Les gueux l'ont vaguement placardée derrière des touffes d'épineux. Une Range Rover passablement flétrie, immatriculée en Thaïlande. Avant de l'aller quérir, je fouille leurs poches à la recherche de la clé de contact. Je l'y déniche sans trop de mal, ainsi que plusieurs pétards de fort calibre, quelques boîtes de munitions et du pognon. Je récupère la clé, choisis le plus performant des soufflants que j'échange contre le mien, et dédaigne le fric, n'étant pas un détrousseur de cadavres.

Ne me reste plus que d'aller chercher la tire, pour l'amener devant la cahute.

Tohu Bohu achève de soigner son exquis frifri saccagé par la brute. Elle m'assure que cela va aller. Quelques jours d'onguent et d'abstinence, et il n'y paraîtra plus.

Je lui demande s'il y a à proximité un endroit où je pourrais me débarrasser des bandits morts. Elle n'hésite pas. Il existe une zone marécageuse, à la lisière de la forêt. Il s'agit d'un lieu redoutable où les rizotos (1) de la région évacuent des animaux morts, des fausses couches intempestives, parfois aussi des aïeuls interminables, si âgés qu'ils ne figurent pas sur les listes d'état civil.

Aidé et guidé par ma chère hôtesse, je vais balancer les trois salopards dans la sombre gadoue. Pendant un bon moment, nous les regardons disparaître, lentement

(1) Rizoto : toute personne se consacrant à la culture du riz dans cette partie de l'Asie.

dans la fange putride qui les happe à grand renfort de bulles, sans ressentir d'émotion. La vie endurcit l'homme ! Le sol perfide prend ces gredins en charge et ne les rendra plus jamais.

Le service funèbre achevé, nous nous occupons de celui de grand-papa. Il nous réclame des efforts plus violents car sa petite-fille entend l'inhumer à une profondeur qui le soustraira au cruel appétit des bêtes.

Durant plus d'une heure, nous creusons la terre noirâtre, elle et moi. Qu'à la fin, je ne sens plus mon dos et j'ai dans les mains des ampoules plus grosses que des projecteurs pour défense antiaérienne ! Ensuite, Pépère est allongé douillettement sur un lit de fleurs cueillies par la jeune fille. Toujours faire les choses proprement ; « ça ne coûte pas plus cher et tu as ta conscience pour toi », me répétait papa.

La môme fait brûler des baguettes d'encens devant la tombe rebouchée.

Je m'isole afin de la laisser accomplir son rituel. Moi, avec mes *Notre Père* et autres « Je crois en Dieu », je serais l'intrus. Faut se faire une raison : on baise de la même façon, mais on se recueille différemment. Je pense franchement que si Dieu existe, Il en a rien à secouer.

L'hécatombe qui vient de se perpétrer me laisse froid comme la zézette d'un Esquimau sorti de son igloo pour pisser. En fait, le remords, c'est pas tellement inconfortable car ça ne concerne pratiquement que des choses passées. On me racontera ce qu'on voudra, c'est le présent qui est préoccupant ; aussi l'avenir. Mais le passé, c'est du superflu, du papier mâché.

Ça y est, la voici en règle avec la mémoire de pépé ; elle aura fait son devoir jusqu'au bout ; chapeau !

Elle accepte de me suivre spontanément. En un tournemain, son balluchon est prêt. Cérémonie touchante : elle rend la liberté à son singe cueilleur de noix de coco, puisqu'on ne peut l'emmener avec nous. Pour commencer, elle me dit qu'une bête pareille, dressée comme pas deux, c'est dommage de la rendre à la vie civile, mais elle comprend nez-en-moins que nous ne puissions nous en embarrasser. En pleurant, elle lui ôte son collier et le pose devant sa porte.

Un instant déconcerté, l'animal se gratte le cul, puis la tête. Il regarde la forêt et s'y dirige par petits bonds incertains. Puis, brusquement, il est comme pris de vertige, grisé par cette liberté à laquelle il ne s'attendait plus et pour laquelle, peut-être, il n'est pas fait. Il pousse un cri strident qui nous meurtrit les portuguaises et s'élance si rapidement qu'il ne tarde pas à disparaître dans les hautes herbes.

— N'aie pas de chagrin, fais-je à ma compagne ; il est heureux.

La vie, c'est tout de même marrant : Tohu Bohu pleure son singe vivant, mais pas son grand-père mort.

Je l'aide à se hisser dans la Range Rover.

UNE LUEUR DANS LA NUIT

Le voyage jusqu'à Kuala Lumpur nous prend un jour et demi.

J'emprunte la côte est, qui borde la mer de Chine, passe par Kota Bharu (dont le buraliste m'a chargé de te donner le bonjour), par Kuala Terengganu (où la mercière vient de faire une fausse couche) et à Kuantan (célèbre pour sa pissotière de bambou), j'oblique à droite en direction de la capitale.

Aux abords de la banlieue, je décide de me séparer de la Range. Je m'en ouvre à ma compagne. Elle me dit que je n'ai qu'à l'abandonner dans un endroit tranquille après en avoir prélevé les plaques minéralogiques, elle trouvera rapidement quelqu'un qui la recueillera et la fera sienne.

Une fois exécutée l'amputation recommandée, nous montons dans un autobus crème et rose, tout neuf, qui se fait un devoir de nous driver au cœur de la ville.

L'hôtel *Nasi Briani* est un superbe établissement en plein centre de cette cité moderne qui respire la paix et le bien-être. Les filles y sont ravissantes, élégantes même, les bagnoles top niveau, les magasins opulents. Tout ici dénote l'aisance et la vie facile. Pour la première fois depuis bien longtemps, j'ai l'impression de me trouver dans une ville heureuse qu'épargnent les gros problèmes sociaux, les troubles et les risques d'éventuels conflits. On sent qu'il fait bon y vivre et que, pour peu qu'on sache s'y adapter, l'existence coule sans trop de heurts.

La population est très mélangée : Malais, Chinois, Indiens peuplent la péninsule et cohabitent en bonne intelligence.

Ma compagne est très impressionnée par les dimensions de notre palace. Elle se tient blottie contre moi et je savoure sa hanche qui frôle la mienne.

Chose étrange, je ne la « ressens » pas comme une maîtresse mais plutôt comme une créature superbe et « décorative » qui comble vos sens, les exalte sans toutefois enclencher le phénomène amoureux. Pendant ma convalescence, j'ai pris pour un coup de cœur vertigineux ce qui, en fait, n'était qu'un hymne à la vie sexuelle retrouvée. Elle m'assure une sorte de félicité dont je ne suis pas près de me rassasier. Et puis sa vue, son contact, le son de sa voix me ravissent. Tout en elle n'est que grâce et musicalité.

Quel drôle de voyage ! Sang et volupté ! Mon lot !

Dans notre vaste suite où se trouvent à profusion : des fruits sélectionnés, des friandises dans de grandes coupes en verre, des parfums et une foule de cadeaux délicatement présentés, nous déambulons entièrement nus, sans éprouver plus de pudeur que n'en avaient Adam et Eve vadrouillant dans le jardin d'Eden. Je jouis d'un âcre bonheur charnel à me sentir enfin à l'abri de ceux dont j'ai provoqué la vindicte.

Nous nous trempons ensemble dans l'immense baignoire circulaire de la salle d'eau, et le jakuzzi est pour ma délicieuse partenaire un émerveillement qui la fait glousser. M'est avis que le papy assassiné, le macaque libéré, la cahute abandonnée et les malfrats liquidés sont désormais bien loin des préoccupations de ma compagne.

Après le bain (en anglais : *the bath*), elle veut que nous fassions l'amour, histoire de vérifier si le plaisir est supportable.

Il l'est !

Soit dit entre nous et le bandage herniaire de M. Gustave Le Pen, ne serait-il point temps de m'arracher à ces délices pour revenir au motif de mon voyage asiatique, qui est la disparition de Rose Déprez et d'Yves Trembleur, son amant ?

Que de péripéties, de périphéries, voire de péripatéticiennes, depuis mon entrée triomphale dans le magasin d'optique de l'aimable Annie Versère ! De quoi en faire un livre ! comme prétendent les bonnes gens qui ont une vie aussi plate qu'un court de tennis, mais qui la croient survoltée et bourrée de sensationnel. Toujours, tu remarqueras. A chaque coin de rue, dans n'importe quel salon d'attente, tu en rencontres. Des pauvres nœuds hagards dont le destin est gris et lisse telle la peau de leurs couilles, mais qui pensent avoir vécu le diable et comparent leur destin de constipé à celui de la petite d'Arc ou de Poléon Pommier.

Plus tardivement, après que j'eus, dans les délices, ravivé les odieuses meurtrissures infligées à ma douce amante, je décide que ma parenthèse malaise est terminée et que l'heure est venue pour moi de reprendre ma marmotte de plombier.

Pour commencer, j'appelle notre hôtel de Bangkok et, à tout hasard, demande après le Vieux. Sans grand espoir, je dois le dire. Tu penses bien qu'au cours des huit jours qui viennent de s'écouler, il a repris le chemin de Paris.

Contre toute attente (comme disent les vrais romanciers, t'auras remarqué ? « Contre toute attente » ; l'expression figure toujours parmi les onze cents clichés composant leurs z'œuvres), j'ai sa voix agacée en ligne. Celle qu'il prend quand on l'importune :

— Allô ! Quoi ? Qu'est-ce que c'est ?

Je te parie une pipe de Saint-Claude, contre une de Boulogne (célèbre pour son bois dans lequel on les taille), qu'il était en train de bien faire.

— C'est moi, patron.

Ça y est, ça m'a encore échappé : « patron ». J'ai

beau être devenu son alter ego, c'est toujours l'ancienne appellation qui me revient après quelques jours d'absence.

Tu sais quoi ?

— Qui, vous ? il répond.

— Mais... Antoine ! blablutié-je, éberlué.

— Ecoutez, mon petit vieux, c'est pas le moment ! Je suis en amour avec une diablesse si souple qu'en comparaison un acrobate professionnel aurait l'air d'un paralytique. Figurez-vous que cette créature de Satan noue ses jambes autour de mon cou pour m'offrir son fruit de la passion, lequel, soit dit en passant, a un goût de mangue chauffée au soleil.

« Conjointement, elle pratique sur ma personne une fellation dont je ne me souviens pas d'en avoir connu d'aussi " onctueuse " ; je répète : onctueuse, et encore le terme exprime mal la réalité. Cette petite virtuose me conduit aux limites de la volupté pour différer l'assouvissement à l'instant suprême. Je sais qu'elle me mène droit à l'infarctus, mon cher, mais j'accepte ce risque. Chacun a le droit de choisir la mort qui lui convient. Pardonnez-moi de raccrocher, je crains, à trop attendre, de perdre ma rigidité ! »

Et il raccroche bel et bien, le vieux cerf sans ramure !

Je soupire :

« Comme si je n'existais pas. Il se goinfre de sa virilité reconquise, l'Ancêtre. Il n'y a plus que sa queue, pour lui. »

Afin de surmonter ma désilluse, j'appelle Paris, me maudissant de ne pas l'avoir fait en priorité. Je la néglige, ma chère Félicie. Le plaisir passerait-il avant m'man, maintenant ? C'est nouveau, non ? Il tournerait fils indigne, au gré de ses délirades vagabondes, ton pote ?

The cri :

— Mon grand ! Enfin ! Je ne savais plus que penser ! Ai-je assez prié la petite sœur Thérèse !

Elle a des sanglots dans la voix, ma vieille poule. Je lui chique comme quoi je me trouve dans un bled où la mousson a arraché les lignes téléphoniques. C'est tout bon, avec elle. Une mère ne demande qu'à avaler les couleuvres que son chiare lui présente. Je lui balance de la tendresse capitonnée surchoix, de celle qui fait chaud au cœur d'une *mother,* avec des petits mots de circonstance entrecoupés de bisous miauleurs, kif ceux que je lui fais sur la nuque, parfois.

En deux coups les gros la voici rassurée, comblée. Je lui annonce mon retour sous deux ou trois jours. Est-ce qu'elle me confectionnera des « oiseaux sans tête » (paupiettes de veau) ainsi qu'un gratin de cardons ? Ah ! c'est pas la saison des cardons et, en conserve, « ils n'ont rien à voir » ? Par contre, elle est partante pour un gâteau de foies de volailles. D'accord ? Avec une sauce tomate contenant des morceaux de ris de veau et des olives vertes. Bon, on conclut un gentlemen's agreement sur le gâteau de foies. Arrosé d'un Condrieux rouge, ça risque de ne pas être triste.

Je commence par en avoir plein les galoches de la bouffe asiatique. Bien sûr, c'est pas mauvais, mais le moment vient rapidos où le souvenir de la *Mère Brasier* te fout des langueurs stomacales.

⁂

Je ne sais pas comment s'arrangent les filles de Malaisie, mais elles sont toutes plus belles les unes que les autres. Visage pathétique à force de grâce ; taille en coulant de serviette ; peau qui a la pâleur de leurs porcelaines arachnéennes ; douceur suave de l'expression ; mystère infini de ces traits dont la pureté intimide ; yeux presque insaisissables, mais qui te bouleversent lorsque tu parviens à les capter fugitivement. Il leur suffit d'être là pour séduire hommes et femmes venus d'ailleurs. C'est comme un sortilège qui leur est accordé et qui, partout les escorte.

La préposée à l'administration qui me reçoit dans son bureau me donne illico l'impression que je suis un minable fourvoyé. Je perds cet aplomb qui m'aide à conquérir les femmes. Je me sens laid, pataud et misérable, en tout état de cause « indigne ». Indigne de l'approcher, indigne de lui parler, indigne de l'admirer ; comme si mon regard ressemblait à des mains cradoches et qu'il la souille. J'ai la rétine qui poisse ! Tu comprends ça, Dunœud ?

Je déballe la vérité à ce produit surchoix de l'Asie voluptueuse. La manière attentive, quasi studieuse dont elle m'écoute, transforme mes testicules en chou-fleur. J'aurai jamais suffisamment d'huile de jactance pour aller au bout de mon propos ! Sur la fin de mon exposé, je sens que ma babille devient dolente comme les patenôtres d'un moine assoupi. Quant, enfin, je la ferme, mes yeux énamourés me dégoulinent jusque sur les cuisses.

La sublime se nomme Miss Pearl, c'est écrit en doré sur le revers de son tailleur bleu. Elle m'explique que c'est elle qui s'est occupée de la disparition des deux touristes. Elle qui a alerté la police, qui l'a reçue, l'a conduite à la chambre du couple. Les draupers ont exploré les bagages des Français et n'ont rien découvert qui soit susceptible d'apporter un quelconque éclaircissement. Ils ont dressé un rapport et se sont retirés sans plus de cérémonie. Au bout de quarante-huit heures et toujours sans nouvelles de ses clients, l'hôtel a fait évacuer les valises de Rose Déprez et d'Yves Trembleur dans une resserre où se trouvent rassemblés toutes les choses et effets oubliés par la clientèle.

— Puis-je les voir ?

— Certainement, monsieur.

Je la suis dans les arcanes de l'établissement, fasciné par le merveilleux petit cul pommé qui ondule devant moi.

On fait bien les choses au *Nasi Briani*. Ainsi, les bagages abandonnés ont-ils été placés dans des housses transparentes et rangés sur des claies. Une étiquette rappelle le nom de leur propriétaire ainsi que le numéro de l'appartement qu'il occupait.

J'excipe de ma qualité de directeur de la Police

parisienne pour demander à la divine la permission de les fouiller. Elle a un geste incertain qui peut, à la rigueur, passer pour un acquiescement. Sans attendre de confirmation plus explicite, je déballe la marchandise sur le carrelage du local. Des toilettes de femme, légères et peu nombreuses, des vêtements masculins, limités à deux costumes et quelques pantalons. Ils ne se sont pas surchargés en partant. Je les comprends ; pour ma part, je voyage toujours avec le « triste minimum », comme dit Béru. A quoi bon partir à la découverte si c'est pour emporter sa vie quotidienne avec soi ?

La ravissante Miss Pearl me regarde avec détachement, ses adorables mains de petite fille croisées devant sa chatte. Dans son tailleur bleu, elle resemble à une pensionnaire d'institution huppée.

Je lui souris.

— Croyez bien, Miss, que ce travail ne m'amuse guère, mais il est indispensable.

Elle a un léger assentiment de politesse. En fait, elle s'en fout. Son menu sourire aimable flotte sur ses exquises lèvres dessinées au pinceau. Si je devais habiter cette partie de l'Asie, je deviendrais chèvre !

L'exploration des moindres poches ne m'apprend rien. Une chose qui, par contre, retient mon attention, c'est le nombre de livres consacrés au bouddhisme. Tu vas me dire que, pour un éditeur voyageant en Extrême-Orient, il est normal d'emporter de la documentation sur la principale religion des pays qu'on visite, toutefois la bibliothèque des amants me paraît excessive. Je dénombre rien moins que dix-huit bouquins traitant du sujet. L'un des livres, un gros *book* d'au moins cinq cents pages, semble avoir été particulièrement consulté. Pis qu'un annuaire téléphonique. Une quantité de pages sont cornées, des passages sont soulignés au crayon et des annotations illisibles griffonnées dans les marges. Ma conclusion est que Trembleur préparait un ouvrage sur la religion bouddhiste, ou quelque chose d'approchant.

Au moment où je claque le bouquin, un papier blanc

s'en échappe. Je le ramasse. Il s'agit d'un feuillet de bloc comportant l'en-tête du *Nasi Briani*. Ces blocs sont mis à la disposition des clients près des appareils téléphoniques, pour leur permettre de prendre des notes.

Je lis sur le feuillet, écrit en caractères d'imprimerie : *Batu Caves 13 km R. d'Ipoh.*

Ne sachant ce que signifie ce texte, je le montre à la divine employée.

— Ça vous dit quelque chose, très jolie demoiselle ?

Illico, pour ne pas dire dard-dard (ça me gêne chaque fois), elle acquiesce.

— Ce sont les grottes, sur la route d'Ipoh, gazouille ce fabuleux oiseau de paradis.

Et de m'expliquer qu'il existe à cet endroit des grottes, dont la plus importante est si vaste qu'on y ferait tenir dix fois le temple Sri Maha Mariamman.

Tu te rends compte, comte ?

Cette fois, à la joie ineffable qui brusquement m'inonde, je pressens que je ne suis plus très loin de la gagne.

ÇA CHINOISE

Je ne t'avais pas raconté qu'avant de quitter Paris et de m'embarquer dans cette aventure, j'avais bigophoné à l'ancienne femme de Trembleur, pour lui demander des renseignements sur son ex, et cette girie mal embouchée m'avait envoyé paître en me raccrochant au nez.

Mais là, une idée me trotte derrière la calebasse et je rappelle la mégère car j'ai une question à lui poser.

Dès que je me nomme, elle se déchaîne :

— C'est encore vous ! Vous êtes bien gentil, monsieur le directeur, mais je crois vous avoir fait comprendre que je ne veux plus entendre parler de ce manche et que, moi-même, je n'ai rien à en dire !

Pas aimable, la Blondine de la Frange ; paraît importunée comme si je lui demandais de me parler de la météo du jour pendant qu'elle se morfle un chibre dans les miches.

— Rassurez-vous, belle dame, c'est un tout petit renseignement que je viens vous mendier.

— Où êtes-vous, ça graillonne ?

— En Malaisie bismuthée.

— C'est vous qui payez la communication ?

— Oui, mais je me ferai rembourser par l'Administration, vous pensez bien.

Soupir capable de gonfler les voiles d'une goélette.

— Que voulez-vous ?

— Votre ex-époux s'intéressait bien à la religion bouddhiste ?

Rire en hennissement de jument poulinière à l'approche de l'étalon.

— Vous rigolez ! S'il « s'intéressait » au bouddhisme ! Mais IL ÉTAIT BOUDDHISTE !

Je reste sans voix comme un qui a son dentier bloqué par un caramel mou.

— Allô ? qu'elle fait, vous m'entendez ?

Tu parles si je l'entends. L'onde de choc s'atténue. Je parviens à clafouter :

— Vous en êtes certaine ?

— Il m'a assez fait chier avec ses simagrées. Vous l'avez rencontré ?

— Non : je le cherche !

— Eh bien, si vous le trouvez, je vous souhaite bien du plaisir. Vous avez des photos de lui, je suppose ?

— Oui, naturellement.

— Les avez-vous regardées sérieusement ?

— Bien sûr !

— Vous ne vous êtes pas rendu compte que ce crétin a du sang asiatique dans les veines ?

— J'avoue que...

— Et vous êtes flic !

L'impertinente part d'un éclat de rire qui me met l'orgueil en charpie. Ma vanité ressemble à un cerf-volant accroché dans les branches d'un arbre.

Elle reprend :

— Il est chinetoque par sa mère, qui avait épousé un industriel français installé en Malaisie. Mais ce ménage baroque n'a pas fonctionné, comme il fallait s'y attendre. Le père Trembleur est rentré en France en emmenant son fils. Gentil pour la *mother*, hein ? Il s'est remarié après un divorce rondement mené, et c'est une belle-mère normande qui a élevé le Niacouet ; parfaitement bien, d'ailleurs. Cette femme n'a pas eu d'enfant et elle s'est consacrée au petit Yves ; les gens sont souvent moins dégueulasses qu'on ne le dit !

A cet instant, la communication est interrompue. Je renonce à la rétablir.

Miss Pearl qui semble se plaire en ma compagnie me fixe d'un œil interrogateur, et, pour une Asiatique qui a deux boutonnières de braguette en guise de regard, c'est pas fastoche.

— Vous êtes une personne extrêmement coopérative, lui dis-je avec toute la mansuétude dont je suis capable (et Dieu sait !).

— Je fais mon travail, monsieur, répond-elle.

— Oserais-je vous demander un ultime service ?

— A votre disposition, monsieur.

Je prends mon expression friponne N° 84, dont les résultats m'ont toujours donné toute satisfaction.

— Voilà une déclaration qui pourrait m'entraîner à des gestes irréfléchis si je me possédais un self-control de réputation internationale.

Mon madrigal tombe comme une bouse de vache sur une route goudronnée. Vaut mieux rentrer les aérofreins en vitesse et passer à un autre genre d'exercice.

— Exquise mademoiselle, pourrait-on interroger tous les chauffeurs attachés à votre palace pour tenter de retrouver celui qui a piloté le couple le jour où il est parti de l'hôtel ?

Elle acquiesce et me dit :

— Cela a été fait ; il s'agit de Ok Tékon, un conducteur d'appoint pour notre d'établissement.

— Vous êtes ma providence, chère Pearl !

Et tu sais ce qu'elle me répond ?

— Oui, monsieur. Merci, monsieur !

Me reste plus qu'à lui attriquer un faf de cinquante dollars et à l'oublier. Mais quoi : on ne peut pas baiser la terre entière !

***

La Mercedes long châssis roule confortablement dans les rues de Kuala Lumpur. Le centre-ville est moderne, aéré, avec beaucoup de constructions au style hardi. L'existence y semble détendue, heureuse presque. Ici, l'Islam est prépondérant sans être pesant.

Je n'aime pas les patelins où la foi domine la vie collective. Les croyances spirituelles doivent « accompagner » notre destinée, non la régenter. Chaque individu s'accommode de la sienne sans la faire supporter à son prochain.

J'aurais fait un mauvais croisé.

Notre chauffeur est un obèse assez jeune dont le cou ressemble à un bandonéon posé verticalement. Une odeur de rance et de patchouli se dégage de cet aimable garçon. Son regard, que j'aperçois dans le rétroviseur, est fermé pour cause de bouffissure. Certains Asiatiques me semblent aveugles et je suis éberlué de les voir driver une chignole à près de cent à l'heure.

Ma petite potesse de l'hôtel (celle qui accepte mes pourliches mais refuse mon braque) m'a présenté Ok Tékon, en lui recommandant de faire son possible pour m'aider. J'ai commencé par le début, en lui cloquant dans la poche de sa chemise trempée de sueur un billet vert *made in U.S.A.* d'une contre-valeur de cinquante dollars. Ce geste lui a paru gratifiant car il m'a souri comme un gros cul essayant un pet de force 4 sur l'échelle de Richter.

Ok Tékon m'a alors narré par le menu sa course avec Yves Trembleur et sa gerce.

Je te restitue son récit tel que je l'ai enregistré dans ma plantureuse mémoire.

Ils ont quitté l'hôtel un matin sur les couilles de dix plombes, sa gonzesse et lui, pour se rendre à Batu Caves. Ils n'avaient pas de bagages, sinon le sac à bandoulière de Rose. Lorsqu'ils ont atteint l'immense terre-plein aménagé au pied de la falaise, Trembleur a demandé au chauffeur de les attendre. Celui-ci a remisé sa Mercedes sur l'esplanade, à l'ombre d'un bouquet de palmiers, puis est allé boire une bière en mangeant le *satay* (1)à la terrasse d'un marchand de grillades.

Tout en polkant des mandibules, il a regardé le couple escalader les 272 marches conduisant à la grotte, le petit funiculaire se trouvant hors d'usage. Rien de plus casse-pattes qu'une telle ascension, précise notre driver qui doit peser dans les 120 kilogrammes (sans sa montre). Il a dû faire de la délectation morose en regardant Rose Déprez et Yves Trembleur s'élever sur la pente raide arrosée de soleil. Le mahomed cigogne dur à ce moment de la journée.

Quand ils ont disparu de sa vue, épuisé par leurs efforts, OK Tékon s'est assoupi. Il n'y avait que très peu de touristes en cette morte-saison et une grande quiétude incitait à l'abandon. Il ne se rappelle plus combien de temps il a roupillé devant sa canette de bière vide. Il a été réveillé par Trembleur qui lui secouait l'épaule. Celui-ci était seul ; il a expliqué au chauffeur qu'ils avaient rencontré des amis en visitant la grotte. Ces derniers possédaient une auto et ils avaient décidé de rentrer ensemble à Kuala Lumpur. Sauveur avait réglé la course et, courageusement, s'était attaqué pour la deuxième fois à l'ascension des 272 marches.

Point à la ligne. Tel est le bref récit de l'excellent obèse.

Des bus rose et blanc comme des véhicules de fête foraine sillonnent la route. Parfois, une moto nous double, pilotée par un jeune gars qui a mis sa veste à l'envers pour se protéger du vent de la vitesse. L'impression de vacances se poursuit, bienfaisante après les heures dramatiques que j'ai vécues. Je caresse la chatte exquise de ma chère Tohu Bohu d'un médius attendri. O douceur de vivre ! Pourquoi prends-je tant de risques, alors que l'existence ne demande qu'à se laisser déguster au chalumeau, tel un gin-fizz ?

Et puis voilà, on arrive. Je te raconte pas les

(1) Brochettes de poulet, de bœuf ou de mouton arrosées d'une sauce de cacahuètes pimentée.

exploitations à ciel ouvert de minerais dont je me torche comme de ta première chaude-lance, non plus que les plantations nombreuses qui vont du riz à l'huile de palme, du caoutchouc à la noix de coco. Tout ça, c'est pour le magazine *Géo*. T'achètes un Sana uniquement pour des raisons philosophiques. Les ressources naturelles d'un bled aussi éloigné du nôtre, tu peux me dire ce que t'en as à branler, Dédé ? Tu me vois en train de te peler la prostate avec l'hévéa, les ressources minières et autres couilleries subtropicales ? Faut pas rêver ! Si je te faisais chier la bibite avec le produit national brut de la Malaisie, t'irais arracher les claouis à mon éditeur ! Tu le sodomiserais en place de Grève. Déjà beau que je fasse, de-ci, de-là, quelques petites descriptions pour pimenter, que tu restes pas trop nullard sur ton bord de destin.

Donc, reprends-je-t-il, nous atteignons les grottes après avoir moulé la nationale.

Imagine une petite chaîne montagneuse posée sur une plaine plutôt pelée, pas de quoi te filer le tournis puisqu'elle va chercher dans les 300 mètres d'altitude. Une route poudreuse conduit au pied des grottes. Là, sur une vaste esplanade, s'est édifiée une sorte de fausse agglomération. Sur la droite, un bâtiment de briques, en ruine, et qui fouette à t'en faire gerber ton goûter, vu que des générations de touristes foncent y couler des bronzes en débarquant du car. Au fond de la perspective, une concentration constituée de marchands de souvenirs, de restaurants volants, de vendeurs de fruits exotiques (exotiques pour nous). Y a même un vieux branleur indien, avec un appareil photo préhistorique, qui a l'ingénuité de proposer ses services à des enfoirés de Nippons croulant sous les Nikon les plus sophistiqués de la planète.

Dans le fond de l'esplanade se dresse la formidable volée de marches menant à la grotte dont, d'en bas, on distingue à peine la béantitude. Cet escalier coupe le souffle. De celui qui le contemple, d'abord, de celui qui le gravit, ensuite. Une subtile émotion m'étreint. Pourquoi ai-je secrètement la certitude qu'ici va me venir LA révélation ? Que je suis au bout de mon terrible chemin de croix oriental et que, parvenu au sommet de ces 272 degrés, je vais accéder enfin à LA CONNAISSANCE.

Rarement, dans ma tumultueuse vie, j'ai ressenti ce sentiment formidable d'approcher *la* vérité. Fallait-il donc que je suive ce terrible parcours, que je brave tous ces dangers, que j'en triomphe comme d'une épreuve imposée, un code mystérieux, pour avoir enfin droit à LA vérité ?

— Veux-tu prendre une boisson fraîche en m'attendant ? demandé-je à ma ravissante compagne.

— Oh ! non, se récrie-t-elle, je ne te quitte pas.

Ça fait toujours plaisir à entendre.

Je la saisis par la main et nous attaquons la grimpette.

PHÉNOMÈNE DE L'INTUITION CHEZ UN FLIC

Nous nous retournons à plusieurs reprises au cours de cette ascension. C'est un réflexe naturel chez l'homme que d'évaluer le panorama que lui offre son escalade. Il veut toujours s'assurer qu'elle élargit son champ de vision et lui découvre des horizons plus vastes. Esprit de domination à bon marché chez le con capable de peu.

L'esplanade du bas semble sans cesse plus réduite, tandis que ce panorama s'amplifie rapidement.

A mesure que nous approchons de la grotte, des singes de petite taille viennent nous accueillir, familiers. Certains sont perchés sur la rampe médiane et se caressent la tête à rebrousse-poil avec des airs désabusés. De gros oiseaux d'un gris nacré, à bec rose, décrivent de larges cercles en piaillant au-dessus de nos têtes.

L'ouverture de la formidable caverne s'élargit, devient immense comme l'entrée de quelque temple démesuré, hors de toute échelle humaine.

Un vaste souffle est exhalé par la grotte tentaculaire. Cela sent la décomposition et la mort. Une fraîcheur de caveau fait frissonner l'arrivant que toutes ces marches gravies ont mis en sueur.

Tu es impressionné par l'espace immense offert à ta vue. La caverne comporte une gigantesque première plate-forme dans laquelle se trouve une sorte d'autel peuplé de statues aux couleurs vives et aux masques grossiers assez terrifiants. Au-delà, s'opère une dénivellation contraignant le visiteur consciencieux à se farcir encore des chiées de marches roides pour accéder à la partie supérieure de la grotte.

L'ambiance est sépulcrale, la hideur des statues de bois peint tourne au cauchemar ; leurs grands yeux noirs, obliques comme ceux des chèvres, semblent scruter l'arrivant d'un regard à la fois perplexe et accusateur. Un modeste éventaire de pacotille est tenu par une vieille édentée qui, malgré cela, s'obstine à nous sourire de toutes ses gencives pâles.

Des chauves-souris volent lourdement, contribuant à faire de ce lieu insensé un décor pour film d'épouvante. Les singes farceurs se poursuivent en poussant des cris aigus. D'autres bestioles volettent dans l'immense cirque, mais beaucoup plus haut, près de la lumière qui pénètre par un cratère inscrit sur le ciel.

Ma petite camarade se blottit d'instinct contre moi, comme si elle redoutait un danger présent dans cet endroit extravagant.

L'odeur de pourriture, de fientes et de salpêtre s'est faite plus intense.

Autour de nous, quelques touristes, jeunes pour la plupart (car l'ascension des 272 marches est sélective) parlent et rient fort afin de dominer leur oppression.

— Tu continues avec moi ou bien préfères-tu m'attendre ici ? demandé-je-t-il à ma gentille compagne.

En guise de réponse, elle m'agrippe comme le lierre se soude au chêne (1).

Nous poursuivons notre montée.

Parvenus au palier supérieur, un réflexe d'agoraphobie nous oblige à fermer les yeux, tant ce lieu paraît tentaculaire. Je m'aperçois (après les avoir rouverts, naturellement) que dans cette partie surélevée de la grotte, les oiseaux sont très nombreux ainsi que des

(1) Comparaison de toute beauté. Tout le talent de San-Antonio s'exprime là.

Jérôme Garcin

mammifères dont certaines espèces seraient au nombre de quatre-vingts !

L'endroit se définit ainsi. Sur la droite, un formidable éboulis de roches. Devant cet éboulis, un grand rectangle pavé de pierres inégales et entouré d'une barrière de fer rouillé qui tombe en digue-digue (ou part en couille, pour ceux qui ignoreraient l'expression « tomber en digue-digue », car il se glisse des incultes jusque dans mes ouvrages). A main gauche, l'autel du dieu Murugan. Ce dernier est le fils de Siva, que tu as dû connaître car elle tenait un bureau de tabac près de la place Blanche.

Une réminiscence me visite, consécutive à un *book* que je me suis respiré dans l'avion en venant. Le dieu Murugan est l'ennemi du Mal et c'est pourquoi il est toujours représenté avec une lance. Je ne pense pas qu'il soit en connivence avec mon Dieu à moi, mais ce n'est pas faire du prosélytisme, que de lui demander son aide. S'agirait de Mahomet, j'oserais pas, biscotte toutes les crasses que mes coreligionnaires ont faites à ses disciples, mais là, Murugan, qu'est-ce que je risque ? Je lui ai jamais causé de contrecarre. Voilà pourquoi, tout en regardant détaler un drôle de petit animal à longue queue (lui aussi), je demande (en camarade) à ce brave Muruganchouette de m'aider.

Tu me connais comme si j'avais gardé les vaches avec ta sœur. Tu sais qu'au point de vue de la renifle (je parle d'odorat), on me classe parmi les surdoués. Buté, il est, l'Antonio, buté il restera. Je sens que la sœur de l'opticienne et son julot euro-asiatique (ou eurasien, si tu préfères), ont vécu dans cette immense grotte « quelque chose de particulier ». Quoi ? Réfléchis. Un matin, ils quittent leur hôtel à bord d'une voiture avec chauffeur pour venir visiter Batu Caves. Ils se farcissent l'escadrin et disparaissent. Un moment plus tard, le mec revient pour raconter l'histoire des aminches rencontrés et congédie le chauffeur.

Maintenant, de deux choses l'une : ou ce qu'il a dit était vrai, en ce cas ce sont les fameux amis de rencontre qui ont fait disparaître le couple. Ou c'était faux, et il faudrait en conclure qu'un événement subit a induit Trembleur à renvoyer leur conducteur.

Pour quelle raison impérieuse ? Et comment se fait-il que ce congédiement marque la disparition du couple ? Couple sans bagages ni pièces d'identité.

— C'est là qu'il s'est passé quelque chose, murmuré-je.

Je veux me tourner vers Tohu Bohu, la divine, mais elle n'est plus à mon côté. Je la cherche des yeux et l'aperçois devant l'autel du dieu Murugan, en train de faire des exercices rythmiques pour la plus grande gloire de celui-ci.

Tandis qu'elle s'agite en psalmodiant des choses dans lesquelles (je te parie ta couille droite contre le grain de beauté que j'ai sur le cou) il est question de ma pomme, je m'approche de la partie cernée d'une barrière. C'est quoi, cette surface délimitée ? Des tombes ? Un point de culte ? Je perplexique sans que ça débouche sur une hypothèse solide. Ces Jaunes sont tellement déconcertants ! En tout cas si cette surface dallée appartient à des sépultures, il y a lulure que celles-ci n'ont pas vu le jour. J'en fais le tour sans découvrir la plus légère faille. Nibe !

Mains au dos, je me dirige sur la droite, là que s'accumoncellent les grosses roches que les singes escaladent en criant comme des chaisières auxquelles on montre des bites de débardeur.

Bien entendu, les touristes se sont crus obligés de tracer leurs blases sur les blocs de roches.

C'est une constante de la sottise universelle : écrire son nom sur ce qui paraît être plus durable que soi. Ça le rassure, le glandu, de savoir son blase associé à un minéral, ou à un végétal longue durée. Il se croit charrié un peu plus loin dans le temps. Ces roches rassemblées par les phénomènes géologiques forment des écritoires propices aux graffitis. Aussi s'en sont-ils payé à cœur joie, les Toto, les Nanar, les Lolotte de la planète Terre : *Riton aime Lélette; John loves Barbara.* Des bouffées d'amours touristiques. Ils ont baisé à l'hôtel en rentrant d'excursion. Les voyages dépaysent. Dans une chambre de passage, tu brosses ta gerce comme si elle était une autre, une malconnue. Sa chatte est transcendée par une sensation d'aventure. Ses poils en sont moins cons (si j'ose de la sorte parler), son pubis plus renflé. Peut-être aussi qu'elle mouille mieux à l'hôtel « Des Flots Bleus » qu'à la maison où elle a dû terminer son repassage (après le repas sage) pour avoir le droit de dérouiller dans ses miches lasses, la verge plus lasse encore de son ténor de clapier.

A mesure que je gravis les rochers, les inscriptions deviennent plus rares. La témérité touristique ne va jamais bien loin. Elles finissent par cesser complètement. Je continue d'escalader cette accumulance formidable. Temps à z'autre, je me retourne. L'impression est saisissante. La grotte, vue d'en haut, trouve une étrange majesté. C'est un véritable temple, et les statues peintes confirment cette notion de religiosité.

Grimpe encore, Tonio, et gaffe-toi de ne pas glisser sur ces roches couvertes de fientes ! Quel diable me pousse à faire cet alpinisme « en chambre » (mais quelle chambre !) ? D'abord est-il un diable ? Je ne le pense pas.

Me voici, sinon tout au fond de la grotte, du moins au bout de la partie escaladable. Ce qui reste, même les valeureux pompiers parisiens — que je salue au passage, ne pourraient le gravir. Je suis déçu. J'attendais tant de cette grimpette. Mon lutin intérieur me promettait monts et merveilles, et puis ce petit nœud m'a berluré ; fallait bien que cela arrive un jour ou l'autre ! Ne me reste qu'à redescendre en me gaffant où je mets mes tartines. Biscotte les crottes d'oiseaux crépisseuses, ils sont dérapeurs, ces rochers.

De mon promontoire, je m'accorde une ultime vue panoramique sur la grotte. Un quatre-vingt-dix degrés, dirait un cinéaste. En bas, les touristes paraissent moins gros que leur connerie. Des petits mammifères parmi beaucoup d'autres. De la bestiole sans importance.

Deux ou trois qui m'ont aperçu m'adressent des signes, leur manière de participer à mon exploit. Je réponds par des gestes en sémaphore, héroïquement con parmi les cons.

Et c'est alors que « la chose » confusément espérée se produit. A l'instant où je me remets face à la paroi, mon regard accroche quelque chose d'insolite.

De plus qu'insolite, même, puisqu'il s'agit d'une main humaine qui affleure une faille de la roche...

LA JONCTION

Là-bas, près du dieu Murugan (qui vient de m'exaucer comme n'importe quel dieu plus civilisé), ma gentille Tohu Bohu m'attend avec une patience toute orientale. Elle est assise sur une pierre curieusement modelée en forme de siège et on devine qu'elle a l'éternité à sa disposition.

D'un dernier bond, j'atteins la fissure d'où émerge la main. En fait, c'est plus qu'une fissure : une véritable faille de trois mètres de hauteur sur quelque soixante centimètres de largeur. Le cadavre gît sur des minéraux fendillés.

Chose étrange, l'atmosphère de la grotte lui a évité la décomposition grâce à un phénomène analogue à celui qui a préservé les momies de Palerme ; par contre, les multiples espèces animales présentes en ce lieu l'ont presque totalement dévasté. Il ne reste qu'une espèce de momie attaquée par des dents, des becs et des griffes. Ne subsistent que la chevelure, les ongles peints des mains, et des lambeaux de chair boucanée. Les vêtements de la morte bougent à cause de la vermine qui continue de s'acharner sur les ultimes reliefs.

L'horrible répulsion qui me secoue les tripes finit par se calmer.

Chez moi, le flic revient au triple galop. De quoi est morte Rose Déprez ? Difficile à déterminer quand on n'a à disposition qu'un cadavre dévoré par trente-six espèces d'animaux : mammifères, oiseaux, insectes.

Chacune y a trouvé sa pitance. Chacun a organisé son festin. La *Ballade des Pendus* de maître Villon me vient en mémoire. « Frères humains qui après nous vivez, n'ayez les cœurs contre nous endurcis »...

Je voudrais tirer la morte à l'extérieur de l'anfractuosité, mais je ne me sens pas le courage de porter la main sur ces restes. Pourquoi, en présence de ce squelette mal déshabillé qui fut naguère une jolie femme, me sens-je pris d'une terrifiante timidité ?

Est-ce le brave dieu Murugan (ou sa maman Siva ?) qui m'interdit de toucher à ce qui fut la sœur d'Annie Versère ?

PILOGUE

— Pour chier, ça a chié, m'assure Jérémie Blanc. Je ne croyais pas qu'un ministre pouvait gueuler si fort.

— Celui-là est méditerranéen, dis-je ; il a des excuses.

— Il a cassé un bras de son fauteuil tant il cognait dessus. Il hurlait qu'il ignorait que ça puisse exister, deux directeurs de la Police en vadrouille pendant trois semaines sans donner de leurs nouvelles. Si tu veux le *Journal Officiel* d'avant-hier, il y est dit que le Vieux et toi êtes mis en disponibilité.

J'accueille la nouvelle sans émotion. Quand on a vécu ce que je viens de vivre, on se tartine l'entre-miches avec le *J.O.*, même quand il annonce ta mise au chômedu.

— Et qui nous remplace ?

— J'assure l'intérim en attendant la nomination de je ne sais quel préfet encore en poste.

— Compliments.

— Le boss m'a expliqué que ma négritude est un handicap incontournable pour une éventuelle nomination. « Vous devez comprendre ça, cher ami ? » m'a-t-il demandé. Je me suis récrié que « Ben voyons ». Déjà beau pour un bougnoule d'être arrivé où je suis : merci, petit Jésus !

Il demande :

— Et le Vieux ?

— Miraculé par l'Asie : il rebande et baise comme un feu d'artifesses.

— Il n'est pas rentré avec toi ?

— Non. Il se goinfre de culs là-bas. Il doit tourner à la cadence de deux gonzesses par jour. Des nanas hors compétition, crois-moi !

— Il ne redoute pas le Sida ?

— C'est hors de ses préoccupations. Chaque coup qu'il tire ressemble, pour lui, à une bataille de Verdun gagnée ! Quand sa bistougnette redeviendra mollassonne, alors oui, il retournera parmi nous. Mais il ne faut pas compter le revoir avant.

Le grand primate aux dents blanches me roule des lotos bourrés de bienveillance.

— Putain, ce que j'ai eu les foies à ton sujet. Je t'imaginais avec la gorge ouverte au soleil.

— Ç'aurait pu se faire, dis-je avec un sourire mélanco. Plus exactement, ç'aurait dû se faire, et puis le Seigneur m'a accordé une nouvelle remise de peine.

— Ton enquête, là-bas ?

— Trop terrific pour que j'aie envie de t'en parler déjà. Il me faut huit jours au calme avec Félicie. Je crois que je vais lui faire visiter les châteaux de la Loire ; depuis le temps qu'elle en rêve. Après ces asiateries, j'ai besoin de me rincer l'œil avec l'architecture de mes rois.

— Tu peux au moins me dire si tu as retrouvé la frangine de ta lunetière.

— Je l'ai retrouvée ; mais que ça reste entre nous. Elle n'avait plus que ses cheveux, ses dents et sa médaille de baptême ; là-bas, il y a toutes sortes de bestioles qui aiment l'homme à en attraper une indigestion ! Je te raconterai tout, te dis-je, quand je me serai libéré de mon blocage.

Jérémie soupire de déconvenue.

— Et son copain ? insiste-t-il. Dis-moi encore juste ça, pas que je crève de curiosité après avoir failli crever de chagrin !

— M'a fallu quatre jours de recherches pour le retrouver. Faut dire qu'il avait une retraite imparable : un monastère bouddhiste.

— Comment cela ?

— Il est à la masse, le gars. Longtemps que ça devait couver sous sa coiffe. Faut dire que c'est un mec déchiré entre deux civilisations. Mère malaise, père français. Des ennuis avec le monde d'ici : son enfant mongolien (sans jeu de mot), sa femme qui l'a largué, ses patrons qui lui avaient signifié son renvoi. Dans un premier temps, il a tenté d'échapper à ses fantasmes en allant à leur source, justement. Il a cru exorciser le mal qui le taraudait. Son idée : se frotter à son Asie originelle, tenter de retrouver sa mère perdue. Mais, au lieu de le calmer, ce voyage n'a fait qu'accroître son mal. Sa mère est morte depuis longtemps. Il s'accroche à sa foi bouddhiste. Hélas, sa nouvelle compagne, loin de partager ses croyances, s'en effraie. Elle pressent que son amant déraille et qu'il a du mou sous la coiffe. Elle le presse de rentrer. Il refuse. Elle devrait le laisser, mais il s'accroche à elle. Quand il traverse des périodes d'accalmie, il redevient l'amant exquis qui l'a conquise.

« Les choses vont se dégradant. Elle écrit à sa sœur pour la mettre au courant. Il se saisit des lettres et les détruit. Et puis le dénouement arrive. Il l'emmène à la grotte de Batu Caves, " en pèlerinage ", prétend-il. Un mystérieux sentiment, consécutif à ses lectures concernant la Malaisie, l'attire en ce lieu extraordinaire. Mais quand son amie le voit en prière devant ces statues si grotesques pour nous chrétiens, elle s'emporte et devient cinglante. Ses sarcasmes de femme bafouée par des figurines de carnaval achèvent de chanstiquer sa raison. Trembleur lui porte un coup qui la précipite au sol. La pauvre Rose expire à des milliers de kilomètres de chez elle, sous le regard fixe d'une statue de bois peint. »

J'ai bonni l'historiette à Jéré, d'une traite, comme un mec en état second. Et il m'a écouté de ses gros yeux globuleux dont le blanc a la couleur du vieil ivoire ; car Jérémie semble écouter avec son regard davantage qu'avec ses éventails à mouche tsé-tsé.

Il fait comme dans la chanson de Bécaud. A deux ou trois reprises et sur un ton croissant, il dit :

— Et alors ? Et alors ? Et alors ?

Je sors de mon hypnose, médium réveillé au mauvais moment.

— Hein ?

— Bon, elle est morte, dis-tu ?

— Ben oui.

— Et alors ?

Je refais surface laborieusement.

— Attends, j'ai quelque mal à rassembler.

— Tu inventes ? se méfie mon pote mâchuré.

— T'es louf ! Tout cela m'a coûté assez de souffrances. Je te disais, Trembleur, dans la grotte aux dimensions de stade... Il vient de buter sa souris d'une mandale et ce louftingue se retrouve dans ce site visité avec le cadavre de sa victime.

« Par chance, il n'y a personne dans la partie haute de la caverne. Alors, à sa folie s'ajoute l'affolement, si je puis dire. Il n'a qu'une idée en tête : effacer la trace de son forfait en cachant le cadavre. Il le charge sur ses épaules et se met à escalader la partie abrupte de la grotte. Il est en transe. Il ne sent pas ce poids qu'il hisse à travers les éboulis et les rochers. Il grimpe, talonné par la rumeur des visiteurs dans la zone basse. Bientôt, ils vont continuer leur ascension et atteindre le palier supérieur.

« Cette idée le survolte. Il emporte sa victime de plus en plus haut. Enfin il aperçoit une faille dans la roche et va y déposer le corps de la malheureuse Rose. Il se passera beaucoup de temps avant qu'on ne le découvre, car les visiteurs ne se hasardent pas dans cette zone abrupte. Quand on le trouvera, il ne subsistera d'elle qu'un squelette. Et encore ! Il y a tant et tant de bêtes dans cette immensité, et de toutes les espèces. Il s'en trouvera bien quelques-unes pour ronger les hardes et les os de Rose ! »

— Ensuite ? réclame l'imperturbable Jérémie.

Dis, c'est curieux : je tremble. C'est pas du charre,

regarde mes paluches : il sucre, ton Sana, mec ! J'ai idée que mes nerfs en ont pris un vieux coup, à vivre cette odyssée. Il a bien fait de me débarquer, m'sieur le minisse. Il a grand besoin de changer d'air, l'Antonio. Lui faut la cambrousse, la vraie : la française qui sent la bouse, le pré mouillé et le pain chaud.

On devrait penser à acheter une masure à la campagne, m'man et moi. A quoi nous sert tout ce blé que j'économise sans presque le dépenser ? On se choisirait une chouette petite bicoque « Sam Suffit ». Dans la Vallée de Chevreuse, tu crois ? Ou bien du côté d'Honfleur, pour dire de changer de région ? Je vais lui en parler, ma vieille poule. Ça l'occuperait, de nous aménager un petit nid rural avec des vieux meubles qui sentiraient la cire, comme chez nous !

— Tu as vraiment l'air d'être dans le cirage, note M. Blanc avec un soupir capable d'actionner un moulin à vent.

— Excuse, j'ai eu des tribulations qui... Mais je te les raconterai un jour, c'est promis.

— Ne me laisse pas quimper sans me dire quid de l'éditeur. D'après ce que je crois piger, tu l'as retrouvé ?

— *Yes, Sir*. Presque fortuitement et grâce à la petite camarade que je m'étais dégauchie là-bas. Sous ma haute direction, elle a interrogé tous les humbles commerçants qui exploitent la veine touristique du lieu. On leur montrait la photo de Trembleur, mon petit colibri les baratinait, tout ça en pure perte. Heureusement le dieu des policiers veillait (air connu). Sans le hasard, Jéjé, tu le sais, nous ne serions, nous autres poulets, que des aveugles manchots.

« Comme on questionnait le patron d'une buvette, un livreur cocacolesque s'est pointé. Un jeune, avec les cheveux en brosse et les châsses tellement plissés qu'en plus de sa race, il devait faire de la constipation chronique. Un type plus vieux ne se serait pas mêlé de la converse. Lui, si. Curieux comme un sapajou (et peut-être aussi que ma petite potesse le bottait ?). Il a regardé le portrait et a dit qu'il se rappelait bien ce mec pour l'avoir pris en stop. Ah ! le bon petit gars ! Comment que je me le suis farci, via ma gentille interprète, et après l'avoir arrosé comme une plante en pot. »

Jéjé a les lotos qui lui dégoulinent sur les joues. Il bave légèrement de trop de curiosité.

Il voudrait se retenir de me questionner, par dignité. Ne le peut.

— Oui, alors ?

Ma générosité (jointe à ma probité professionnelle) me pousse à lui conclure mon récit.

— Le gentil Cocalivreur avait accepté de prendre Trembleur en stop. Sa tournée le conduisait à Kash Pô et c'était précisément dans cette petite ville que Trembleur se rendait. En cours de route, il n'a cessé de questionner le garçon à propos du monastère bouddhiste de cette ville. Sa conversation revenait sans cesse sur le sujet, à croire qu'il en était obnubilé.

— Et c'est là que tu as retrouvé ton mec ? me brûle mon cher Noirpiot.

— Affirmatif, chère Boule-de-Neige. Ça a été coton pour être reçu par ce qui correspond au père abbé de la maison. J'ai dû exciper de mes hautes fonctions à Paris et parlementer longtemps avant qu'il consente à admettre la présence de Trembleur dans sa taule, puis à le faire venir au bouddhoir.

— Alors, ce contact ?

Je hausse les épaules (l'une après l'autre, ça fait davantage d'effet).

— Pas du tout ce que tu peux attendre. En réalité, ce type fait pitié. C'est un mec qui a marché toute sa vie à côté de ses pompes. Un déraciné que l'existence effraie. Il a paumé la sienne de bout en bout, ce qui a ébranlé sa raison. Les bonzes du monastère pousseront une drôle de gueule quand ils finiront par s'apercevoir qu'il est barge. En fin de compte, j'ai été saisi par la résignation. Je me suis dit que tout ça s'est passé à des années-lumière de Paname. Que c'est l'histoire ratée de deux ratés et que, paix à leurs âmes. A celle de la morte comme à celle du vivant.

CONCLUSION PARFAITEMENT CONCLUANTE (1)

Elle est plus que radieuse : irradiante. Faut dire qu'elle porte une robe de laine de chez Henry Bordeaux, d'un jaune souci tellement agressif que tu redoutes de choper une insolation. Y a également ses tifs qu'elle a déplacés vers l'auburn. Bref, elle a des poussées vangoghiennes indiscutables, la mère.

Lorsque je fais mon entrée dans sa besciclerie, elle est en train de fourguer une monture en écaille véritable à une vieille peau (également véritable), aux rides mastiquées à mort.

Son visage s'illumine en me voyant débouler. Elle s'excuse auprès de la vioque et vient me rouler une galoche grand siècle irréalisable par un asthmatique.

Comme le baiser est franchement vorace et qu'il dure autant qu'une pipe dans un film « X », la cliente chochotte, arrache les besicles à sa décrépitude et se casse en maugréant des désagréableries à propos des mœurs qui partent en couille.

On en est que mieux pour retrouvailler. Je lui place mon genou entre les cannes, ma menteuse au niveau de la luette et ma main droite sur le sein gauche pour un gentil pouet-pouet.

Quand on reprend souffle, elle dit :

(1) Du moins, moi je trouve.

— Méchant, ça a été long ! Tu as des nouvelles, au moins ?

C'est des salopes ! Je te jure que c'est des salopes.

Légèrement douché, je réponds :

— Oui, j'en ai.

— Alors ?

— Ils se sont retirés dans un monastère bouddhiste.

— Quouhaâ ?

— La foi !

— Mais ma sœur est catholique !

— Il l'a convertie.

— Le sale con !

— L'amour fait des miracles ! L'essentiel est qu'elle soit heureuse.

Annie est devenue rouge d'émotion et de rage.

— J'étais certaine qu'un jour elle ferait une bêtise, déclare-t-elle d'un ton âpre. Elle est tellement bizarre, par moments. J'espère que ça lui passera. Après tout, ce qui importe, c'est qu'elle trouve la paix du cœur, non ?

— Exactement.

— Tu crois qu'elle m'écrira ?

— Pas sûr. Quand on s'embarque avec Dieu, les humains, tu sais...

La voici qui paraît s'ébrouer.

Elle dit :

— Après tout chacun son lot !

— Exactement.

— N'empêche que tu n'as pas dû t'embêter, en Extrême-Orient, grand coquin. C'était la belle vie, hein ?

En une projection fulgurante, je revois tout ce que j'ai subi et qui me semble aussi interminable que la glorieuse existence d'Antoine Pinay. Ces gnons, ces tortures, cette existence d'homme traqué, ces cadavres balisant mon parcours avec, pour terminer, ma mise en disponibilité et mon système nerveux qui prend de la gîte.

— Une vie de rêve, articulé-je en me dirigeant vers la porte.

— Où vas-tu ? éplore la donzelle.

Et moi, hurlant comme un damné :

— C'était trop bon, j'y retourne !

SAN-ANTONIO

ŒUVRES COMPLÈTES

L'événement éditorial du premier trimestre 1993, c'est la parution du vingt-troisième volume des *Œuvres complètes* de San-Antonio. L'ouvrage, présenté sous une somptueuse reliure, réunit quatre romans :

- ***Tarte à la crème story***
- ***On liquide et on s'en va***
- ***Champagne pour tout le monde !***
- ***La pute enchantée***

650 pages - 190 francs

FLEUVE NOIR

DICTIONNAIRE

SAN-ANTONIO

Depuis Rabelais, aucun écrivain de langue française n'a pu prétendre, autant que San-Antonio, être parvenu à forger un langage qui lui soit propre.

Avec ses quelque 15 500 entrées, ce dictionnaire en apporte la preuve la plus éclatante. Et montre, exemples à l'appui, que San-Antonio est bel et bien un auteur de génie.

Un monument.

648 pages - 157 francs
grand format cartonné

FLEUVE NOIR

Achevé d'imprimer en avril 1994
sur les presses de l'Imprimerie Bussière
à Saint-Amand (Cher)

N° d'impression : 871.
Dépôt légal : mai 1994.

Imprimé en France